Sophia
作品集
01

Sophia
作品集
01

Sophia
作品集01

Past Love

愛過

by Sophia

01

打開門的瞬間就看見那東西擺在那裡，或者、躺在那裡。

竄進我胸腔的空氣忽然染上某些超現實或者後現代的氣味，花了一些時間辨認，眼前那團難以定義的物體終於找到能夠歸類安放的位置。

是個人。

稍微精確一點的來說。是個男人。

男人像金華火腿一般被捆成一束，暫時沒辦法判斷他有沒有金華火腿那麼值錢，但至少，以這狀態看起來絲毫沒有能夠引起食慾的因素，相反的還相當令人倒胃口，因為他身上黏附著異常濃烈的酒氣，不是摻了酒去除腥味的作法，而是類似酸敗的程度。

掌握不到任何男人躺在我家門口的線索，不對，確切而言應該是被某個人扔在這裡，依照這種金華火腿的狀態，就連左右滾動都顯得十分困難，遑論自行爬上三樓又蠕動到走廊最後一間房門前。

這是蓄意犯罪。

男人發出微弱的呻吟聲，但沒有多做掙扎便再度陷入昏睡，或者昏迷，我不知道他究竟攝取了多大量的酒精，但我很明顯感受到自己的眉心正不由自主的緊緊聚攏，我討厭酒的氣味。非常討厭。

也不喜歡任何擋住我出入的物體。包括門檻。

於是我抬起右腳踩了踩他，沒有任何反應我稍微用力了一點，側躺的金華火腿翻了九十度正面貼地，雖然不會致死但地板真的不是很乾淨，所以我發揮了些許的公德心，更加用力的踹了他，這次翻轉了一百八十度。正面朝上。

男人的狀態相當狼狽，頭髮非常凌亂，臉龐也散發著強烈的憔悴，這跟吞嚥下大量酒精沒有關係，有一種頹喪感從內部湧出，往前走了兩步我蹲在他的身旁，仔細端詳眼前的男人。

就算糟糕到這種狀態也還是好看，我瞇起眼，不只是五官端正的程度，終於我得到這個結論。

我對於有著美貌的男性由衷的懷抱著惡意，於是我伸出右手食指推高他的鼻子，帶有惡趣味的笑了，正在考慮要不要拍照留念時，忽然我發現男人胸前寫著字。

胸前。這樣的表現法應該是正確的。

我回頭張望了其他房門，沒有任何動靜，於是緩慢解開他的襯衫釦子。

「這男人很有錢，而且很會賺錢，沒有反抗的能力，要吃掉也可以，不過他現在對女人沒什麼興趣。不要讓他看到酒。記得餵食。再說一次他真的很有錢，這是有效投資。」

能在不規則的皮膚上寫下如此工整端正的字跡也只有我可愛又殘忍的弟弟了，稍微摸了一下，油性奇異筆，果然是韓颯的作風。

很有錢啊……

既然是韓颯扔的包裹，大致上不會有危險，但以這種方式強迫我接收，金華火腿大概非常棘手。幫他扣好釦子，緩慢站起身，還是謹慎考慮一下比較好，肚子餓容易做出偏頗的決定，所以我決定先吃早餐。

至於金華火腿，就讓他繼續躺在原地熟成好了。

吃了油滋滋的培根丹麥堡又喝了甜膩膩的奶茶之後，我踩著輕盈的腳步走回家，星期六就是讓人心情愉悅，總覺得好像忘了什麼，但既然想不起來就應該不是很重要，於是我繞了路到附近的超商買了冰淇淋，這種高熱量又沒營養的食物真是療癒人心。

「啊、鄰居葛格。」對方冷冰冰的臉緩慢佈上無奈，他拿著冰咖啡瞄了我一眼，「一起回去吧。」

他沒有回應，也沒有回絕，總之像是放棄掙扎一樣放緩腳步，並且注意著絕對不要和我對上視線。

真有趣。

其實在冰淇淋吃到一半就看見他踏進超商的身影，他應該看見我了，卻裝作什麼也沒發現，本來想往麵包櫃走的修長雙腿也硬生生停在櫃台邊，接著果決的點了冰咖啡，既然他都這麼犧牲的為了我放棄了週六的早餐，不打招呼實在過意不去。

他沒有任何理會我的打算，我不在意，反正我也沒有想跟他進一步發展的意思。雖然搬到這裡的兩年間時常碰上他，卻始終維持在點頭致意的關係，我不是會積極攀關係或者交朋友的類型，何況他只是租屋處的鄰居；但我看到不該看的畫面，因而覺得非常不舒坦，所以他必須付出一點代價來彌補我的感情。

半年前的某個下午，星期六，我異常強烈的記得這一點，天氣非常好，卻很吵，因為住了很久的房客要搬家，除了搬家公司發出的聲響，還有多愁善感管理員的自由發揮；我很喜歡星期六，所以特別討厭破壞我星期六的人，但搬家也是沒辦法的事，畢竟那個鄰居姐姐人一直很好。

所以我犧牲了美好的早餐時間，勉強喝了三瓶保久乳又無奈的吃掉半條紅蘿蔔吐司，好不容易迎來寧靜的星期六，於是我決定奢侈一點好好享受早午餐；但是我真是好傻好天真，走到一樓門口的瞬間，我旋即意識到，這個星期六的美好早就離我而去了。

他就站在那裡。

凝望著空蕩蕩街口的男人，不很強烈的哀傷卻彷彿細密的網，他站在那裡好久，久得讓我被太陽曬到額際佈滿汗霧，終於他緩慢轉身，迎上我的雙眼。站在我的眼前，雙眼卻透著極其遙遠的風景。

我不喜歡。

非常不喜歡。

「要吃蛋糕嗎？」我以安靜的姿態拋擲出言語，「我知道有一家甜膩膩的蛋糕店。」

星期六什麼都有可能發生。

最後我和他面對面坐著吃完五塊蛋糕，我不想追究誰吃得比較多這種小事，總之我和他沒有任何交談，但從此，每當看見他我就會想起那天的畫面，一想起那畫面我的心就痛痛的，我不喜歡，但沒辦法消弭，所以當然不能放過他。

「鄰居葛格我下個月生日。」

「然後呢？」

「如果有熔岩巧克力蛋糕就太美好了。」

「這是威脅嗎？」

「你有什麼把柄在我手上嗎？」

他現在的表情，在任何一秒忽然扯住我的衣領把我扔到回收場都不讓人意外，但他不會，因為是心軟好對付的類型。

沒有根據，純粹是野生直覺。

「妳就這樣把大型垃圾扔在門口嗎？」

「轉移話題也沒——大型垃圾？」順著他的視線我看見還躺在地上的金華火

腿，啊、原來想不起來的是這個啊，「既然你很閒，就幫我把金華火腿搬到你家吧。」

「為什麼要搬到我家？」

「那個火腿是公的，你也是，但我不是，所以同樣的東西要擺在一起，不知道什麼是簡潔的分類法嗎？」

「我家不是垃圾場。」

「可能我家比較像這我沒辦法否認，但是，他身上有酒味。」我堅定的說，「我可以接受雄性物種，但不能忍受酒精揮發。」

「我、拒、絕。」

「用熔岩蛋糕跟你換。」

「那本來就是不存在的東西。」

「我不介意金華火腿以這種狀態擺在那邊，你大概不知道，我的體內不太有所謂的感情，但那個人好像滿有錢的，所以——」

在走廊上僵持了一陣子，他終於放棄掙扎，走近金華火腿，先把綁住他的繩索解開，接著扯開裹著他的薄被，大概是為了怕金華火腿失溫，也怕繩索勒住他的皮膚才特意纏上被子，我弟弟果然心思細膩又善良。

潘丞尉把金華火腿扛回家，儘管我覺得直接扔在地上就好，但他相當富有同情心的將金華火腿輕輕放到沙發上，金華火腿發出一點掙扎的聲音，酒氣飄散在潘丞尉乾淨整齊的房間裡。

太糟糕了，所以我決定替潘丞尉報仇。

抬起腳踢了踢他的腰側，真是結實的金華火腿，確認了他暫時不會有醒來的可能，想再稍微用力的踹他卻被潘丞尉抓住右腳，瞪了他一眼，他鬆開手自顧自的走向流理台。

「如果要用水潑醒他的話我建議加上滿滿的冰塊。」

「韓蔓。」

「做什麼？」

「回去。」

「哼。」趁潘丞尉沒看到我還是偷偷踹了金華火腿一腳，「他快醒之前記得叫我，要在他睜開眼的瞬間第一個看見我。」

「想趁虛而入讓他愛上妳嗎？」

「真是膚淺。」我愉悅的扯開唇角，「是為了讓他感激涕零到自動自發的把全部財產掏出來。」

「韓蔓。」

「放心啦，我會分你一點的。」

「滾、回、去。」

鄰居真是不可信任的生物。

聽見門鈴響的時候我還想著鄰居真是守信，沒想到拉開門的瞬間我看見的是另一張臉，陌生的臉。不對，有隱約的熟悉感，彷彿瀰漫在浴室的霧氣般阻隔在我和他之間，卻帶有不容忽視的熱度；站在門邊我盯著男人相當久的一段時間，腦袋終於閃現某些什麼。

「金華火腿？」

「什麼？」

男人的聲音有些低啞，我不清楚這是他原本的嗓音或是酒精的餘威，但明顯的他洗過澡，沐浴乳的香氣遮去了酒味。

「進來吧。」

「我為什麼會在這裡？」

「不知道。」

「妳是誰？」

「債主。」我稍微想了一下，決定進一步說明，「你知道，要先伸出援手才會成為債主，所以你只要記住伸出援手那一段就好。肚子餓嗎？」

不等他回答我就把桌上的奶油菠蘿丟給他，又從冰箱拿了一瓶保久乳擺在他面前，他雖然滿腹疑問卻也相當乾脆，坐進沙發果斷的撕開塑膠包裝，以豪爽卻好看的模樣咬下麵包。

「你跟韓颯是什麼關係？」

「妳認識韓颯？」

「我先問的。」

「朋友。」他喝了一口保久乳，「只認識幾個月。」

「我跟韓颯也算是某種債務關係。」

還不清的那一種。

「可以幫我打電話給他嗎？」

「我打過了。」

吃完晚餐之後我終於想到這一點，我親愛的弟弟以相當模糊的方式躲避說明，只是反覆強調金華火腿絕對是績優股而且很安全，從他的言語中我徹底明白兩件事，首先是他沒有任何解釋的打算，其次金華火腿在他心中應該很重要。

算了。我是敵不過韓颯的。所以沒有追問的必要，也不會有任何用處。

「他說了什麼？」

「暫時你就住在這裡，地板，或者沙發，供餐，不要跟我討論營養均衡的問題，不准搶電視，不准靠近床，不能有訪客，含酒精的東西都不能出現，一個星期三千，預付。」

我伸出手，他安靜的看了我幾秒鐘，絲毫沒有反抗或者疑問的就從皮夾拿出三張鈔票給我，當紙鈔粗糙的觸感佔據我的掌心時我愣了一下，是價碼太低嗎？沒有辦法，後悔也來不及了，反正住在一起有的是機會，我扯開甜美的笑容，對待特級肥羊的那一種，轉身從抽屜找出備份鑰匙遞給他。

「我什麼都不知道，也什麼都不想知道，所以我不會問，如果可以的話，你也什麼都不要說。」

「妳沒有相信我的理由。」

「韓颯不會把髒東西放在我家門口，他只會要我保管重要的東西。」我愉快的說，「特別是值錢的東西。」

02

男人安靜得像座雕像，偶爾會有極小限度的移動，但大多時候他都一動也不動的坐在沙發上，彷彿正深深陷入於某種思緒，又像是定格在荒蕪的空白之中；即使如此屬於男人的存在感依然相當強烈，這值得慶幸，至少我不會忘記餵食。

這樣的狀態在第三天出現了變化。

跟男人無關。跟我無關。然而人大多時候都被迫與自己無關的什麼一起擺動，像是被扔進海裡不得不隨著浪漂動，或者被推下懸崖唯一的選項只有往下掉，這是人生中最無奈的部分，即使拚命的否認也沒有任何用處，終究我們會承認，儘管是屬於自己的人生，但那之中，最重大的、最決定性的部分，往往跟自身的意志或者動作無關。

門鈴響了。

瞄了一眼掛鐘，七點剛過，我站在原地盯著秒針繞了幾乎一圈，這期間站在門外的人以沒有耐心的姿態多按了兩下門鈴，不是韓颯，也不是潘丞尉，管理員大叔會更強烈一點，所以我猶豫著究竟要不要應門。

男人依舊無動於衷，彷彿什麼也沒聽見，門鈴又響了一次，我改變心意決定開門。

掛上安全鍊緩緩將門拉開，在不大不小的縫隙裡我看見一張屬於女人的臉。沒有任何印象。

「找誰？」

「洪諺。」

「沒有這個人。」

女人踩著約莫七公分的黑色高跟鞋，俐落冷豔的臉龐上掛著反差的紅唇正緊緊抿著，彷彿正在思索接續的話語，最後卻乾脆的放棄所有聲音，任何預告也沒有，逕自轉身離去。

真是莫名其妙。

我乾脆的闔起門，將女人高跟鞋敲打地板的清脆聲響關在門外，忽然我意識到我的屋子裡還有另外一個人。

是不是應該先問他認不認識那個女人？

轉過身我發現他就站在我身後，非常靠近的身後，我抬起眼，迎上男人沒有透露任何感情的雙眼。

「太靠近了。」我伸出右手食指稍微用力戳了他的肩膀，本來目標是更符合我身高跟喜好的胸肌，但在還沒確定他會不會反抗之前不要太過恣意比較好。「而且擋到路了。」

「她還會再來。」

注視著他的雙眼，我眨了幾次眼，儘管我算是聰明的類型，然而單憑這五個字我實在沒辦法推敲出他的意思。到底是「她還會再來所以下次記得幫她開門」

還是「她還會再來所以妳一樣回答沒有這個人就好」呢？

我這個人相當不求甚解。不懂的就直接問。

「所以、呢？」

我非常有耐心的等著他的回答，但他只是站著，抿緊唇面無表情的盯視著我，這樣下去大概會沒完沒了，可能他也還沒決定好答案，於是我伸出手拍了拍他的肩，表示理解的點了點頭。

「等你想好再告訴我。」

然而我才踏了一步，他略顯低啞的嗓音便落了下來：「韓蔓。」

「想到答案了嗎？」

望了一眼沙發，我有點無奈的收回移動到半途的腳，重新將視線定格在他臉上。

他又再度抿緊唇，擺出和剛才相同的表情，以他頹喪的程度應該沒有餘力來整我，但我的耐心瀕臨界線，儘管反覆想著「不能攻擊肥羊」但我體內的粗暴因子濃度迅速飆高，在我採取攻擊性行為之前他終於開口。

「不要開門。」

這四個字很難發音嗎？

索性放棄表情管理，我相當沒有誠意的點頭，這次很乾脆的把他留在原地，逕自窩進沙發裡；電視螢幕裡奔跑的獅子換成絢麗的熱帶魚，我對沒有腳的生物沒什麼興趣，將頻道轉了一輪之後停在已經重播三百次的柯南。

他還站在原地。

雖然坐在沙發上的雕像跟站在路中央的雕像本質上沒什麼差別，但左右人心情的程度卻有著微妙的不同，就像是我可以容忍在角落走路的蟑螂，但無論如何都無法接受猖狂飛行的蟑螂。

「你為什麼知道我的名字？」

「帳單上寫的。」

「是喔。」我嘆了一口氣，「你要站在那裡多久？」

又僵持了幾分鐘他終於想起了所謂移動的概念，以略顯不流暢的姿態走向他時常待的位置，恰好是我不必費力就能直視的方向。

「雖然想讓你有多一點時間來平復心情，但是乾脆一點說清楚，之後你再一起平復就好。」我擺出有些苦惱的表情，「我沒聽錯的話，你叫洪諺對吧？」

「嗯。」

「很好。」我瞇起眼，「你還有其他債主嗎？或是會上門尋仇的仇家之類的？」

「沒有。」

「非常好，那、你現在不想見任何人嗎？」

「嗯。」

「當然，我理解，既然你住在這裡我就會當一個稱職的主人，絕對，百分之兩百，會保證你的隱匿性，不過……」我扯開笑，「服務升級的話，房租也稍微——」

「下次一起給吧。」

他有些疲倦的閉上了眼，整個身體攤躺在沙發上，看著如此脆弱而頹喪的男人，我的心臟居然還是十分健康愉快的跳動，伸手撫上自己的左胸，更仔細注視著他，認真的，試圖尋找類似心疼、同理心或者同情心之類的感情。

但是沒有。

一點也沒有。

太可怕了。

當然不是說我，是眼前皺著眉的男人。

長相在水準以上，經濟狀態也相當理想，身材也是上等和牛等級，當這樣堪稱首選的男人對某個正常的女人展現極其脆弱的面貌，百分之百會心疼吧，就算不疼也稍微會心軟啊，但我除了剛剛站太久腳有點軟以外，心臟狀態沒有受到任何影響，我很正常，所以結論是他的問題。

真是可憐。

現在我稍微有點同情他了。

女人的出現帶來相當隱微卻巨大的變化。

最明顯的一點大概是雕像移動的頻率開始增加，雖然仍舊沒有跨越門檻的意念，但他開始自虐一般進行著伏地挺身或是倒立之類的運動，以十分安靜卻很吵的姿態。

我咬著充當宵夜的牛奶棒一邊看著運動中的雕像，這是潘丞尉扔給我的食物，保存期限只剩下兩天，以他穩定並且健康的生活型態不可能在兩天內攝取多餘的一千兩百大卡以及糖分和油脂。這也算某種愛護地球同時維持良好鄰居關係的方式。

但就連糖分也無法提升我的耐心。

「你可以不要在我看獅子的時候從事任何運動嗎？」

他又做了一下伏地挺身，果斷的站起身，側過頭讓目光落在我臉上，淋漓的汗水從額際滑下，他沒有抹去的打算，乾脆的走向浴室，接著傳出模糊的水聲。

這個男人的精神狀況好像不太對勁。

我拿起手機快速按下韓颯的電話，另一端響起我最喜歡的歌曲，我抓起餅乾罐裡的牛奶棒，才剛咬下第一口他就接起電話了。

「小蔓？」

「你知道你已經五天半沒有來看我了嗎？」

「我要努力賺錢讓妳快點晉升米蟲啊。」

「才不相信你。」我又咬了一口牛奶棒，「這不是重點，那個，你扔過來的金華火腿，精神狀態好像有點問題，你要不要來確認一下？」

「他有吃東西嗎？」

「這點很正常，也不挑食。」

「這樣就沒問題啦，就放著他自由生長，長大了就會離開，不都這樣嗎？」

「也是。」

「記得好好吃飯。」

「我正在補充鈣質。」

「餅乾不是良好的營養來源，還有，記得跟鄰居好好相處。」

「我跟鄰居葛格感情好到他特地拿點心來給我吃呢。」

「不是逼他買的嗎？」

「才不是。」

「星期六我會過去，嗯？」

「嗯。」

「不要太晚睡，也不要一直看獅子，這世界上還有很多其他動物。」

「你去忙吧，不要太累，星期六我要吃布朗尼。」

「知道了。」韓颯愉快的笑了，那震動太過真實的傳遞而來，「早點睡，晚安。」

「晚安。」

我的尾音還沒完全飄散，彷彿經過精準計算一般浴室的門旋即被推開，瞄了他一眼，這次他在我左手邊的位置坐下。

開始隨意變換座位也是他的變化之一。

「要吃嗎？」

他幅度不大的搖了頭。

儘管我不是很在意他是低迷的雕像或是愉快的金華火腿，但我跟他長時間生活在相同並且狹小的空間內，萬一，當然我不是很想揣想這種萬一，總之，他的體內似乎存在著一定的危險性，所以必須採取因應措施。

於是我委婉的開口。

「據說人的情緒低落到某一種程度之後就會慢慢回升，從事看似振作的活動，例如……運動，激烈的那一種，但接下來會開始感受到憤怒，極端的、難以消化的憤怒，不用擔心，真的不用擔心，這是正常的過程，這時候就需要發洩，以我個人而言呢，我希望，非常強烈的那種希望，你可以不要發洩在我的牆或者我的家具上，如果真的一時間忍受不了衝動的話，你一定要立刻打開門，衝到對面，鄰居葛格人很好的，區區一扇門他絕對不會跟你計較，約定好了喔，嗯？」

他淡淡的望了我一眼，以為他不打算理會我時他卻緩緩開口。

「妳的性格跟韓颯很不像。」

「我要叫韓颯揍你。」

「他做過了。」

「原來你比我想像的還要欠揍，我們家韓颯個性那麼好……」我瞪了他一眼，「你是說我性格很惡劣嗎？」

他居然扯了嘴角，儘管非常細微也消失得十分迅速，但是我看見了就是看見了。

「我要叫韓颯再揍你一次。」

「也好。」

他站起身往旁邊移動，接著很豪邁的就躺上地板，我旋緊餅乾罐，盯著已經閉上眼的男人，等韓颯來揍他好像有點久，為了預防失眠，我抓起靠枕直接扔向他。

「我人超好的，睡覺還是需要枕頭吧。」

他又扯了扯嘴角，這次他側過身直接背向我，算了，不要跟精神狀態不正常的人計較，然後我又抓了腳邊的薄毯扔向他，我果然人很好。

03

洪諺不在沙發上，也不在地板上。

桌上擺著四張鈔票，還有他喝到一半的礦泉水，慢條斯理的換上襯衫和裙子，綁了乾淨的馬尾，我始終盯著桌上的鈔票，想著，雕像踏出門這件事。

把鈔票放進抽屜，底下的信封裡還裝著上星期的房租，闔起抽屜我愉快的揚起笑，等下星期發薪水一併匯給香蘭阿姨，再買一件好看的外套給韓颯，然後買草莓蛋糕跟潘丞尉一起吃，真好，晚上先幫金主加菜。

拿起外套背包走出房間的同時我就看見潘丞尉的身影，真好，只要早上遇見他就讓人想破壞他的早晨，於是在他發揮長腿優勢拉開距離之前我追上他，並且以燦爛的笑容打了招呼。

「一早就遇見鄰居葛格真是命運般的邂逅。」

他瞪了我一眼。我無辜的聳了聳肩，決定進一步表示對於他的不友善的深深遺憾。

「昨天我弟弟特別交代我要好好維繫良好的鄰居關係，手牽手一起上班嗎？」

我眨了眨眼，「反正我們的公司只差一站，我不介意你為了我多走十五分鐘。」

「韓蔓。」

「要牽手了嗎？」

完全沒有在選項之中，潘丞尉居然牽起了我的手，詫異的張望著他，卻迎上他罕見的淺笑：「多走十五分鐘聽起來很健康。」

「你又失戀了嗎？」

「如果妳甩開我的手，我就真的失戀了。」

「你現在是照著『鄰居的大反攻』的劇本唸台詞嗎？」

他聳了聳肩，表情大概就像幾分鐘之前出現在我臉上的一樣，真是，真是讓人鬱悶。

「你知道我跟鄰居姐姐的類型完全不一樣嗎？」

「多攝取不同類型的食物，有益身體健康。」

我瞄了一眼兩個人貼合在一起的手，對於感情我一向相當敏銳，他絕對沒有懷抱著任何摻雜男女感情的心思，然而正因為如此才無法解釋他反常的舉動。

難道他要跟我爭奪金華火腿的所有權嗎？

「你發燒了嗎？」

「妳要確認看看嗎？」

「也好。」於是我抬起手，一點也不溫柔的貼放在他的額際，沒有發燒的跡象，「不燙啊，還是，你想跟我借錢？」

我的手緩緩放下，抬起眼才意識到我和他的距離非常靠近，儘管時常和他肩並肩走在一起，卻從未和他面對面相距一步以內，我眨了幾次眼，稍稍皺起眉。

「韓蔓。」

「做什麼？」

「想遲到嗎？」

接著他再度牽起我的手，拉著我往捷運站走去。

側著頭我凝望著讀不出表情的他的臉龐，屬於他的溫度自掌心滲進我的意識，某些朦朧不清的什麼縈繞在我和他的周旁，我稍微用了點力確認自己的確握著他的手。

「潘丞尉。」

「嗯？」

「你很會賺錢吧？」

「問這做什麼？」

「如果你很會賺錢我就會認真想一下這詭異的感覺是什麼，但如果不是，就沒必要花時間想了。」他居然笑了。「我很認真。」

「我知道。」

「所以呢？」

「應該比妳厲害一點，但是，我不會笨到自動自發的把全部財產掏出來。」

「這不是問題，只要比你聰明騙得到你的財產就好。」

「為什麼這麼需要錢？」

「有必須告訴你的理由嗎？」

「相互確認財產，我覺得很有必要。」

「我考慮一下再決定要不要告訴你。」

「那妳慢慢考慮吧。」

「潘丞尉。」

「嗯？」

「你真的、沒有遭遇什麼巨變或是……之類的？」

「我只是今天醒來之後突然想對妳好一點。」他挑起戲謔的笑，「心動了嗎？」

「你還是比較適合演反派角色。」

「例如火箭隊？」

「瘋了，真是。」我不由自主的笑了出來，「果然是老人。」

潘丞尉果然是反派角色，而且是借刀殺人高智慧的那一種。

我的右腳才剛踏上屬於公司大樓的地板，左腳還踩在外面，身體就突然承受來自後方的強烈撞擊力道，我深深吸一口氣，繼續我的移動並且牽引著我臉部複雜的肌肉，微微側過頭，沒有絲毫意外的發現半攀附在我右半身的並不是無尾熊，而是一個女人。

我開始想像自己在雪梨的動物園。

「我看到了喔。」娜恩刻意壓低音量讓之中含藏的曖昧膨脹到最大限度，「剛剛牽著妳的手的男人，不是韓颯。」

「是外遇對象。」

「妳也太坦然了吧。」

「要隱藏就不會以那種姿態靠近公司。」我稍微推開她攀附的身體，「香水不用錢嗎？」

「不是香水，是髮妝水。」她煩躁的壓了壓瀏海，「我花了半小時在處理瀏海，千萬不要剪這種乍看非常俐落實際上麻煩得要命的髮型。」

「人生就是不斷重蹈覆轍的輪迴，特別是妳這種不知悔改的類型。」

「也是。」娜恩點了點頭，坦然的接受了這一點。「不過，真的是外遇對象嗎？介不介意讓妳的外遇對象也外遇一下？」

「我回去會替妳問問他的意願。」

「記得讓他看我的照片，剛剪完頭髮拍的那一張——」

娜恩的聲音突兀的斷在半空中，抬起眼迎上穿著淺灰色襯衫的身影，鼻樑上架著的無框眼鏡遮掩去某些他的冷淡，他輕輕扯開笑，禮貌性的點了頭，接著走進電梯裡。

我和娜恩停在門外注視著他逐漸被掩去的臉龐，我斂下眼又抬起眼，伸出食指按下了按鍵；然而電梯移動得太過緩慢，我拉了拉自己的馬尾，最後轉身往旁邊的樓梯走去。

「真是，再等一下就來了。」娜恩一邊抱怨一邊跟在我身後，「我今天穿了十公分的高跟鞋耶，韓蔓妳不能走慢一點嗎？」

「徐娜恩。」

「幹嘛？」

「十公分的鞋跟可以當作兇器了吧。」

「妳休想，這雙鞋是限量款，花了我半個月的薪水，妳想都不要想。」

又爬了一層樓，我和娜恩已經隔了一段距離，忽然我停下腳步，並不是為了等待身後的她，而是由於站在眼前的他。

「都流汗了。」

「讓開。」

「脾氣還是一樣差。」男人以緩慢但清晰的口吻說著，「但令人意外的是，這世界上就是有很多人喜歡脾氣差的女人。」

娜恩的喘息聲逐漸靠近，彷彿一種壓迫，擠壓著我和男人之間猛然降下的沉默，最後她帶著熱氣停在我的身後，我看不見她的表情，卻清楚感覺到她過於誇張的嘆息。

「張協理，你可以不要一大早就激怒韓蔓嗎？我很累，而且我的妝都花了，這樣我怎麼勾引總經理？」

「總經理今天不會進公司，不過，妳要不要先進辦公室？」

「知道了啦。」

娜恩緩慢的踩上階梯，回頭望向我，彷彿正醞釀著話語最後卻什麼也沒有說，只剩下她逐漸遠離的腳步聲。敲擊在我緊繃的情緒上。

「我不小心撞見妳的手被另一個男人牽著，於是我的心情突然變得非常不好，非常的，惡劣。」

「所以呢？」

「可以稍微說明一下嗎？」

「新歡。」

「這樣啊……」他語尾刻意拉長的單音迴盪在樓梯間，但似乎不是很在意的扯開笑，「心有點痛呢。」

「張協理，希望你能保有你一貫的冷淡難相處性格，不要總是在我面前突變成邪惡生物。」

他點了點頭，「我會盡力。」

張瀚仍舊沒有任何讓開的意思，站在高兩階的位置愉悅的注視著我，他說，因為想安靜的看著我，我明白掙扎沒有用，反正他看夠了就會放過我，於是我無奈的嘆了口氣，瞇起眼瞪著他。

「韓蔓。」

「做什麼？」

「嫁給我吧。」

「你知道我和你還沒開始交往嗎？」

「我以為妳不會在意那些，不過要從交往開始也可以。」

「我沒有跟你交往的意思。」

「沒關係。」清脆的笑聲從他的唇角滑出，「我會當作沒聽見。」

「你會害我遲到。」

「韓蔓。」

「又想怎樣？」

忽然他步下階梯，我還來不及反應就被他拉進懷裡，並且在我想起必須掙扎之前他先鬆開手，「謝謝妳沒有推開我。」

「走開啦，我只是錯過推開你的時機而已，不要得寸進尺。」

他只是笑著。

瞄了一眼腕錶，「妳還剩下三分鐘，跑上去剛好趕上打卡。」

「你——」

沒有選擇我只能以瘋狂的姿態跑上樓，沒有回頭的餘裕，連「回頭」這個意念都沒有竄進思緒的空隙；我很清楚，張瀚為了不讓我轉身看見他此刻的表情總是仔細的拿捏時間，也為了說服他自己，我拚命的將他拋在身後只是因為沒有選擇。

「張協理對妳真是執著。」

「這類型的男人有很大的機會變成社會事件的主角。」

「不要說得那麼可怕。」娜恩壓低了聲音，「可是我還是不相信張協理對妳是一見鍾情，妳實在不是會被一見鍾情的類型……老實說，你們是不是之前就認識？或者根本是前男友——」

「不是。」我很乾脆的截斷她的想像，「不要以為我聽不出來妳在偷罵我，再說，最大的犯人是妳，如果沒有妳，他就不會對我一見鍾情。」

「嗯……」娜恩迴避了我的眼神，以飄忽的口吻說著，「一見鍾情這種事是命中註定，就算不是那一天，他也是會在某個瞬間看見妳。」

不打算理會她，將注意力拉回手邊的事務，心思卻不由自主的飄離。飄往某個遙遠的近處。

近處。

即使階級不同單位也不同的兩個人並不會頻繁碰面，甚至只要懷抱著心思就能輕鬆閃躲，然而正是往前往後都只有一步之遙的搖擺，讓人更難逃脫那泥沼一般的思揣。

於是我又想起張瀚。

我時常想起他以有別以往的張揚姿態踏進我生活的那一天，陽光非常炙烈，娜恩興奮的拉著我跑上公司頂樓，我甚至不明白自己必須奔跑的理由。

「初來乍到一定會懷抱著忐忑的心，這時候特別容易攻略。」

「妳在說什麼啦？」

「被挖角來的菁英協理啊。年輕有為又單身，所以要親眼確認一下長得帥不帥。」

「然後呢？」

「最近我對總經理有點膩了。」她曖昧的笑了，像是她真的和總經理有些什麼不為人知的關係一樣。「生活中最重要的就是新鮮感。」

設想一個真實並且靠近卻難以觸碰的存在是娜恩的排遣，她總是在總經理或者陳董事的二兒子之間擺盪，她喜歡這種無法落地的飄忽感，彷彿能夠在特別疲倦的某些時刻乾脆的跳進另一個舒坦的世界之中。

不是為了更加輕鬆愉快的生活，而是為了讓生活不那麼枯燥沉重。她說。重要的是讓人以為能夠成真。

以為。她清晰而正確的唸出這兩個字。

終於娜恩推開了通往頂樓的鐵門，撲面而來的強烈熱氣讓我的腳步有些踉蹌，我聽見她顯得有些失真的嗓音緩慢的說著：「那裡，穿著鐵灰色西裝外套正在喝咖啡的那一個。」

娜恩鬆開我的手，若無其事的伸起懶腰，以沒有防備的慵懶姿態緩步往男人所在的位置走去，用著帶有些許嬌嫩的口吻拋出聲音：「終於到午休時間了——」

男人緩慢的抬起頭卻依然背對著我，我看見娜恩自然的神情，抬起腳往前踏去，接著我聽見她流暢柔軟的聲音，滑過我意識的邊緣。

「沒看過你呢。」她揚起相當擅長的甜笑，「聽說今天有幾個新進的同事，你是其中一個嗎？」

「嗯。」

男人的回應是輕緩的低音，禮貌卻疏離，並且沒有給予任何接續的可能，娜恩稍稍皺起眉，旋即綻開笑，聳了聳肩，轉身走回我身旁。

她不是自討沒趣的類型，也不喜歡冷淡的男人，她偷偷朝我扮了鬼臉，兩個人正要離開之際男人不期然的轉過身，在低亮度的背景裡彷彿猛烈燃起的火光。

接著是熊熊大火。

「怎麼了？」娜恩來回望了我和男人幾眼，在我耳際壓低音量，「一見鍾情嗎？」

「走吧。」

「韓蔓。」

在我移動之前男人的聲音凍結了我的動作，咬著唇我瞪視著他，他卻毫無所覺的朝我走來。一步一步。堅定的。走來。

試圖抵達他不應該踏進的位置。

「你們認識嗎？」

「不認識。」

以粗暴的姿態拉著娜恩的手離開，他沒有跟上，沒有必要跟上，他一向善於忍耐，我的呼吸十分紊亂，與他截然不同，從來我就無法適應忍耐；突然我停在樓梯中央，沒有意識到自己正緊緊攢著娜恩的手，她沒有喊痛，只是等著我的心情平穩。

最後我終於放開手。

「吃午餐嗎？還有半小時。」

「我沒有食慾，妳先去吃吧。我去洗手間。」

沒有等娜恩回應我便逕自走下樓梯，我聽見她跟上的腳步聲，但在踏上走廊之後她似乎決定留給我獨處的空間，於是我走進洗手間，試圖以冰涼的水讓自己稍微平靜一點。

我凝望著鏡子裡那張濕漉漉的臉龐，接著想起張瀚。不應該以這種姿態出現在我面前的張瀚。

他當然知道我是這裡的職員，無論有多麼優渥的轉職條件，他都不應該選擇踏進；然而我同樣明白，縱使他總是順著我的心意動作，當我希望他絕對不要踏進我生活時，他卻從未給予我承諾。

彷彿，他早已預料他無法實現。

抹去臉上的水痕，心念一轉我又跑回頂樓，推開門之後沒有多久我就找到他的身影，站在起先的位置面對著我的方向，像是他打從一開始就知道我會回來。

接著他輕輕扯開唇角。

「辭職。」帶著些許喘息緩緩走到他的面前，沒有鋪陳我直接拋擲出顯得無情的言語，「立刻。」

「既然決定走進這裡，就沒有離開的意思。」

「張瀚。」

「看來好像是正確的呢。」他扯開的淺笑中滑過隱約的苦澀，「這是妳第一次喊我的名字。」

我斂下眼，不想被他眼底的感情撥弄思緒。

「不要做徒勞無功的事，你比誰都還要清楚這一點，你應該要比誰都清楚這一點。」

「小蔓。」他的聲音之中彷彿藏匿著隱約的顫抖，又或許只是熾烈日光引起的錯覺，他說，過於緩慢並且清晰的說，「我很害怕，對於現在站在妳面前的這個自己，即使深刻的明白我的存在對妳而言就是一種不可避免的傷害或者苦痛，但是，這些年來反覆警告自己的這一點，卻已經無法擋住我的感情，小蔓，我知道我會傷害妳，我知道我已經在傷害妳，但就算是這樣，我還是，站在這裡了。」

張瀚的笑終於蒸發殆盡。

他伸出手試探的趨近我的左頰，定格在幾乎碰觸的邊緣，拚命的僵持，拚命的忍耐。如同長久以來的他。

我以及他，或者韓蔓與張瀚，從最初的瞬間便已經隔得那麼遙遠。極其遙遠。無論多麼拚命趨近，不過是在反覆的移動之中一次又一次的確認，彼此的遙不可及。

他說。

帶著微微的顫抖。

「但是，為什麼現在的我，即使心這麼痛，卻還是感到如此幸福呢？」

他的淚水安靜的滑過頰邊，在日光照耀之下顯得，太過難以直視。

04

所謂的人生從起初便在錯誤與錯誤之間交纏錯綜，即便那從來不是你的過失，也不是我的選擇。卻是我們必須披掛的棘刺。也成為我和你不能相互擁抱的現實。

我以及你舉步維艱的移動，一步一步，試圖前行，然而或許，我們從未真正明白能夠抵達的前方究竟在哪裡。

在反覆傷害之後，我們仍舊得不到指引，卻哀傷的明白，你不是我能夠趨近的前方，而我也不是你可以抵達的終點。

我曾經天真的以為時間的沙塵能夠將疼痛覆蓋，卻終於發現，無論經過多麼漫長的歲月，我和你都掙脫不了那深陷於彼此血肉之中的棘刺。

與。現實。

微妙的錯愕感從我推開門的瞬間竄進我的軀體，眨了幾次眼，終於確認了眼前的畫面。

韓颯坐在沙發中央，旋過身帶著溫柔的微笑凝望著我，隔壁坐著的潘丞尉瞄了我一眼似乎不感興趣的繼續專注在雜誌上，重要的是，不遠處，旁邊的牆壁還貼著一個倒立的金華火腿。

「不進來嗎？」

「這裡是我家。」

「所以要妳進來啊。」

帶著警戒的心情我謹慎的前進，房間不大沒幾步就抵達韓颯身旁，我瞄了一眼依舊處於顛倒狀態的洪諺，又瞥了一眼絲毫沒有參與感的潘丞尉，這三個男人的組成無論從哪個角度看，都對我相當不利。

「你們，在密謀什麼嗎？」

「既然是密謀怎麼會讓妳知道。」韓颯伸手整理了我的瀏海，揚起威脅感滿溢的燦爛笑容，「聽說我們家小蔓的飲食生活非常的偏頗，而且……」

韓颯拖了長長的單音，我兇狠的瞪了不知道什麼時候恢復正常狀態的洪諺一眼，他無所謂的喝著礦泉水，我怎麼會沒想到洪諺會成為韓颯的眼線，沒有辦法，只能扯開討好的燦笑，對著韓颯眨了眨眼。

「因為太想念小颯所以只能用糖分來填補我心中的缺口，」我迅速的皺起臉並且癟著嘴，「你都不知道太久沒見到你害人家都消瘦了。」

「真是讓人心疼。」韓颯以太過迅速的動作將我拉進懷裡，並且緊緊的擁抱住我，緊緊的，非常的緊，緊到根本是變相的懲罰。「妳承諾過我什麼？」

「我有認真的吃飯。超認真的。」

「完整的句子。」

「認真的、攝取營養的食物。」趁著他稍微鬆懈的空隙我奮力的掙脫，我決定跟其他兩個男人同歸於盡，「這也不能完全怪我，你本來就知道我的意志力薄弱，這兩個人也是幫兇，那一個，蹺著腳的那一個，他常常拿垃圾食物給我吃，人家為了要乖乖聽你的話打好鄰居關係才勉強的吃下去，要負責的人是他。另外一個，就是你扔過來的金華火腿，他幾乎天天和我一起吃晚餐，吃零食也是在他面前吃的，他從來沒有制止過我，所以說，他也是共犯。」

「所以說，是妳要搬來跟我住，還是省事一點我直接搬過來呢？」

「不要。」我好不容易脫離韓颯的掌控，想起他營養均衡的養生飲食就讓人崩潰，「我才不要。」

「再給妳最後一次機會，我已經幫妳把冰箱填充完畢，妳最好確實的、認真的全部吃下去。」韓颯揚起非常燦爛的笑，「我手上有洪諺的把柄，所以他絕對不會站在妳那邊，而且還會幫妳準備健康的三餐。」

「什麼？」

「妳放心，洪諺非常擅長料理，而且據說適當的家務能平穩心情，一舉兩得。」

「你不要一臉無關緊要。」

「我無所謂。」

「沒有要你回答。」

「就這樣定案，小蔓，妳，乖乖聽話。」

「真是有威嚴的男朋友。」潘丞尉風涼的點著頭，對韓颯投以欽佩的眼神，

「雖然有點沒眼光。」

「不要拐著彎罵我，我聽得懂。而且韓颯是我弟弟。」我質疑的盯著他，「再說，你為什麼會在我家？」

「韓颯還沒告訴妳嗎？」

「什麼？」

「蔬菜派對。」

「你、你說什麼？」我不可置信的扯著韓颯的襯衫，「小颯……」

「怎麼可能讓我們家小蔓只吃蔬菜呢。」他摸摸我的頭，「我還買了雞胸肉，還有一隻只給小蔓的雞腿。」

「你知道我今天很辛苦、很辛苦的工作賺錢了嗎？」

「所以說，多吃點肉，我還拜託老闆把皮都乾淨的去掉了。」

韓颯這句話徹底抽走我體內僅剩的力氣，癱軟的倒進他的懷裡，他輕緩的拍著我的背，愉快的笑了。那屬於笑的震動傳遞到我的肌膚進而晃動著我的意識，也許他的笑，比起什麼都還要緊密拉扯著我的人生。

只要他能這樣愉快的笑著就好。

「小颯。」

「嗯？」

「我討厭你。」

「沒關係，只要我更喜歡小蔓就好了。」

洪諺開始佔據我的廚房，我不是很在意這一點，反正我的正式料理活動只有煮泡麵而已，韓颯帶來大量邪惡蔬果的那天，也一併掠奪了摻滿人工添加物的泡麵和含有過分豐富油脂的奶油餅乾，於是我的料理活動也宣告終結。

這些都不重要，真正讓人感到哀傷的是洪諺相當專注於料理這件事，除了完美破壞我整天心情的早餐，甚至準備了泯滅人性的午餐便當，最後，回家一打開門就會看見壓垮我意志的最後晚餐。

人生為什麼可以黑暗到這種程度？

「你有什麼把柄在韓颯手上？」

「便當。」

我一邊瞪著他一邊將便當扔進提袋，「不要迴避問題。」

「我多付了一千。」

「所以呢？」

「妳承諾過保障我的隱私。」

我可以用泯滅人性的便當來攻擊他嗎？

「你振作之後會變成討人厭的類型嗎？」

「大概。我不知道。」他扯開笑，這次停留得稍微久了些，但還是收了起來，「人總是在變化之後才會意識到過去的自己和現在的自己其實是不同的存在，因為這樣，過去的自己究竟是什麼樣貌，大概沒辦法準確的回答。」

「夠了。剛起床我不想用腦，而且還是在缺乏糖分的狀態下。我要去上班了。」

「韓蔓。」

「做什麼？」

「妳又把便當放桌上了。」

我的頭好痛。像對待髒東西一樣再度把便當扔進提袋，不想再看見洪諺一眼，我乾脆的轉身將他拋在身後。

然而在我的手碰到門把之前，他又喊住了我。

「這次又怎樣啦？」

「路上小心。」

微微一愣之後我意志薄弱的回過頭，迎上的並非電影般的溫柔目光，而是他轉身走往廚房的身影。

路上小心。

而後，轉身。

簡單的四個字卻重重撞擊著我的意識，路上小心，斂下眼我不自覺緊緊握住提袋，我感覺自己正微微顫抖，閉起眼我用力的拉開門，在跨越門檻的瞬間，我卻突然聽見隱約而不確定的低沉嗓音，很快就會回來了，狠狠咬著唇試圖讓自己清醒，很快，我想關上門卻無法動彈。沒有辦法。

因為太快關上門所以連你的背影都沒有記住。

「韓蔓？」

在我滑落之前哪個人承接住我的身體，無論是誰，我如緊緊攀附著浮木一般的支撐，「小颯……」

他沒有說話，只是安靜的抱著我。非常安靜的。

彷彿度過了相當漫長的時間，又或者不過是短暫的分與秒，客觀的度量大多時候都無關緊要，緩慢的我鬆開手，接著以不輕不重的力道將他推離。

盯望著他領口的鈕釦，想著，應該要說些什麼，然而無論被拋擲而出的言語是些什麼都像是拙劣的辯解。我不擅長示弱卻也不擅長掩飾自己的脆弱，於是我緊緊抓握著提袋試圖找尋轉身的切點。

「血糖太低嗎？」他說，洪諺平淡的聲音安靜的落了下來，我不自覺的抬起眼，他的眼底沒有任何關切也絲毫不含探究，「明天在妳的吐司上加一點蜂蜜好了。」

凝望著眼前的男人，清楚的明白他替自己收拾了寬敞的餘地足以轉身，我拚命忍住想哭的情緒。咬著唇斷然的轉身。

「我對蜂蜜培根比較感興趣。」

「韓蔓。」

「又怎樣？」

「妳好像快遲到了。」

「韓蔓，妳有秘密。」

「這很稀奇嗎？」

「問題是妳不會像這樣一直恍神，感覺很像魚。」

「不要歧視魚。」

「那妳為什麼一直發呆？」

「因為血糖低，所以覺得人生很無望。」

「妳開始跟韓颯住在一起了嗎？」

「還沒絕望到那種程度。」

「那妳的便當是誰幫妳準備的？」

「是——」抬起頭我瞄了娜恩一眼，「想趁我精神不振的時候套我話嗎？」

「直接問妳會回答嗎？」

「不會。」

「所以說，不會乾脆得到答案的問題特別讓人想知道答案。」她又再度像無尾熊一樣攀附在我左半身，「男人嗎？」

「嗯。」

「牽著妳的手送妳上班那一個？」

「不是。」

「張協理？」

「怎麼可能。」

「韓蔓妳身邊到底有多少男人啊？」

「我也覺得很困擾。」

「妳會遭天譴。」

「放心，老天在我什麼錯都沒犯的時候就先狠狠懲罰過我了，所以我現在就算犯下大錯也會被免刑。」

「什麼啊？」

「沒事。」我揚起諂媚的笑容，「我們來相親相愛的交換便當吧。」

「跟我交換吧。」

男人的嗓音突兀的穿插而入，沒有抬頭的必要，因為對方會如入無人之境一般怡然自得的拉開椅子坐下。

「不要在員工餐廳跟我說話。」

「我的便當裡有豬排，雖然不是炸的，但塗上濃郁調料的煎豬排還是比水煮雞胸肉好上很多。」為了展現他的惡意，張瀚打開便當盒並且推到了我面前，「不過，還是稍微提醒妳比較好，這是我邊想著妳邊烹煮的料理。」

「沒想到張協理這麼會煮飯。」

「不要誇獎他。」

「不到厲害的程度，但韓蔓喜歡的菜式基本上我都相當擅長。」

聽著張瀚和娜恩的對話我感到異常煩躁，自暴自棄的將萬惡的花椰菜塞進口中，我當然知道張瀚十分擅長料理，他還特地上了烹飪課，並且在韓颯的默許之下替我準備了大學四年的午餐。

我曾經以為自己能夠承受張瀚的存在，卻沒有料想到屬於他的重量會日漸加重，終於超出了我的負荷。

於是我只能後退。

「張協理……跟韓蔓早就認識了吧。」娜恩非常殘忍的夾了一塊張瀚便當裡的豬排放進嘴裡，「韓蔓，我願意拋棄體重管理幫妳吃掉這一些。」

我狠狠咬下四季豆。

「嗯，認識。」我知道他正注視著我，但我只能專心的咀嚼，認真的瞪視雞胸肉，「不過當作什麼也沒有重新開始反而更好。」

「雖然不想這麼說，但張協理的喜好真奇妙。」

「徐娜恩我還在這裡。」

「所以我才更納悶。」

張瀚愉快的笑了。

「小蔓妳吃慢一點。」他伸手輕輕摸了我的頭，旋即收回手，「我還有點事，妳們慢慢吃。」

望著張瀚離去的身影，無奈的嘆了口氣，要讓自己維持輕鬆自然的姿態大概非常費力，為了怕給我過重的負荷，他總是在自己控制不住感情之前設法離開，卻也因此，他已經沒有餘力阻擋自背影洩漏的感情。

「韓蔓，妳對張協理到底有哪裡不滿意？」

「就是沒有，才特別能體會現實的殘忍。」

□

現實的殘忍並不針對特定的某個人，對於大多數人們而言，差別不過是程度上的深淺，於是我們稍微能夠感到安慰，終於將那些殘忍視為現實的本質，於是選擇承受。

06

女人站在門前。

我家門前。

手裡握著鑰匙相距三個跨步的距離，我開始思索著究竟要泰然自若的按下潘丞尉家門鈴，或是乾脆的轉身離開；但在我得到答案之前女人旋過了頭，並且精準的將目光定格在我的臉上。

女人的面容帶有某種隱約的魅惑性，散發著成熟的氣息但卻掌握不了她實際的年齡，我沒有打破沉默的意思，也許她根本沒認出我，得到這個推論之後我決定假裝自己是隔壁住戶。

「我知道洪諺在裡面。」

才剛進行的移動又立即被迫凍結，我擺出愛莫能助的表情，沒有忘記自己多收的一千塊。

「所以呢？」

「開門。」

「不然這樣好了，妳自己按門鈴，然後門會自己決定它要不要開。」

「我有話要對洪諺說。」

「所以啊，妳現在搞錯對象了。」我小心的把鑰匙收進口袋，反正我也沒有很想回家，說不定還有外食的藉口，「我建議妳努力一點按門鈴，聲音很刺耳，所以門還是有被打開的機會。」

「妳能幫洪諺躲到什麼時候？」

「就說妳搞錯對象，拜託，我現在肚子很餓，而且我脾氣其實不是很好，所以，妳要不就繼續按門鈴，要不就離開，我沒有理由承擔妳跟洪諺的問題。」我扯了扯馬尾，「用那種眼神瞪我也沒有用，因為我不會痛。」

「妳——」

女人的聲音被門開的聲響截斷，她的視線旋即拉回起先的方向，洪諺的身影逐漸出現在畫面之中，我不是很想參與這一幕，但在我開始後退之前就被迫留下。

「進來。」

沒有主詞。但有些時候話語並不那麼需要主詞。

我瞄了一眼僵直站在門前的女人，盡可能以不要觸碰到她的方式進門，扔下提包的同時我眼角的餘光卻目睹女人被放行，接著哀傷的意識到，除了浴室之外這整個房間不僅狹小還沒有任何阻隔。

「先去吃飯。」

「這樣我怎麼會有食慾，要不，我自己去覓食，房間留給你們，免費喔。」

洪諺走了幾步將擺放在抽屜裡的錢包直接放在餐桌上，我意會的點了點頭，順從的拉開椅子滑進餐桌，晚餐是五顏六色的均衡飲食，而眼前是索然無味的僵持對望。

我把紅黃椒擺在旁邊，拿出最大誠意夾起了杏鮑菇，在我咬下的同時女人和洪諺分別在沙發的兩端面對面的坐下，他沒有倒茶，也許是想速戰速決。

「洪諺。」

「有什麼話想說就一次說完，我們之間不是能夠頻繁談話的關係。」

「我沒有選擇。」

「妳想說的就只有這些嗎？」

洪諺的側臉顯得相當緊繃，用著極其冰冷平板的口吻，我托著腮用筷子戳著乾煎鮭魚，魚肉絲毫沒有抵抗力的散開，女人的淚水以楚楚可憐的姿態完美滑落。

雖然一眼就能夠看穿女人相當擅長操控情緒，但大多數的男人特別容易心疼這類型的女人，笨不是主要的原因，而是他們願意相信那是真的。

愛不會使人變得愚笨，而是讓人寧可選擇愚笨。

「洪諺，我真的很愛你，但是愛不能成為一切。」

「這一點妳已經讓我徹底明白了。」

「我不想傷害你……」

室內的溫度在女人這句話的尾音裡陡降到冰點，我把盤子裡的黃椒折斷，我不想傷害你，她的聲音彷彿無限輪迴一般迴盪撞擊在空間裡，哀傷的說著這樣疼痛的話語，雙手卻不斷將銳利的刀刃往另一個人胸口刺入，我不想傷害你，如此委屈無奈的姿態，卻往往是最殘忍無情的那個人。

我放下筷子，拿起洪諺的錢包，抽出一張百元鈔票開始摺起紙飛機，客廳的兩個人仍舊困在冰冷的深處，抬起手我將紙飛機射向客廳，但飛到途中就癱軟的墜落，掉在洪諺身旁的位置。

女人望了我一眼，收回視線的同時洪諺率先站了起來。

「不要再來了。」

「洪諺……」

「妳所謂的沒有選擇，也是妳的選擇。」

她用著深邃並且哀傷的目光凝望洪諺很長一段時間，洪諺僵硬的撇開頭，這種看似斷然實則勉強的阻絕太過輕易就能被看見他對於女人的在乎或者在意；然而即使拙劣，即使明白自身的無可掩飾，卻也必須完成一連串的動作。

也許為了保有自尊，又也許為了逼迫自己認清事實。

沒錯，這種尷尬冷硬的情況下，最應該認清事實的並不是那個女人，而是洪諺。

接著女人走了。

我的飯才吃了一半。

洪諺又進入久違的雕像狀態僵直的站立在沙發旁。

真是礙眼。我討厭站著的雕像。

「飛機還我。」

他終於想起了動作，走到我身旁把紙鈔飛機放在我左手邊，接著在我對面坐下，不發一語的吃起飯。我發揮稀薄的同情心將全部的紅黃椒都夾到他碗裡，他的臉非常緊繃，緊繃到讓人懷疑他的臉部肌肉在下一秒就會鬆弛的程度。

「我不會問，也不想知道，但看樣子你是失戀，據說治療失戀最好的藥方呢，就是高熱量高糖分的垃圾食物，不用太感動，身為體貼的房東，我願意犧牲自己的身體健康陪你一起進行療程，嗯？」我扯開像狗一樣的友善笑容，「我知道所有垃圾食物的外送專線，你——」

我的聲音斷在他突兀的眼淚裡，洪諺面無表情的進行咀嚼，不斷墜落的淚水彷彿無關緊要的排泄物，我緩慢的放下筷子，無聲輕嘆，在猶豫之間我還是站起身，走到他身旁。

然後，發揮我體內所有的同理心輕緩的拍著他的背。

下一個瞬間，我根本來不及反應，洪諺便轉身緊緊擁抱住我，接著以非常劇烈卻吞嚥下所有聲音的姿態釋放他壓抑的感情。

這些日子洪諺以自己的方式努力振作，卻沒有意識到，這樣的試圖同時也是一種壓迫。對於自己的。因為必須振作。因為必須忘卻。因為必須堅強。

然而那些必須卻將人的脆弱擠壓成隨時都可能爆裂的核，在爆裂的瞬間人會被灼燙的火焰纏繞，在劇烈難忍的疼痛過後，人們不得不承受更巨大的痛楚擦抹上藥劑。

我知道，扮演洪諺短暫依靠的浮木不過是讓他稍微得以喘息，但就算只是稀薄的氧氣，在這種格外艱難的時刻，也近乎一種救贖。

這一瞬間，我終於明白韓颯將他帶來我面前的原因。

不是為了洪諺，而是為了我，為了提醒我，儘管疼痛是一種不得不的殘忍，但人總能跨越那些棘刺，成為另一個更堅強的存在。

我斂下眼，終於察覺到懷中的洪諺和自己相似的可怕，彷彿一面帶有時間差的鏡子，映現出我從未正視的，那個樣貌。

洪諺洗了長長的澡，帶著相當清爽的面容再度踏進我的視線，在這期間我換下溼答答的上衣，用衛生紙沾水克難的將胸前的肌膚擦拭過，重要的是，飢餓感像兇猛的母獅撲上我的軀體，而我一點也不想攝取冷掉的蔬菜。

「你知道你剛剛把頭埋在我的胸前嗎？」

「對不起。」

「你要知道，在這個世界上『對不起』這三個字起不了什麼作用，真正能夠彌補人心的，必須是更積極、更有效，以及更實質的……某些什麼。」

「例如？」

「既然你誠心的發問了，我就大方的回答你。」洪諺在我右邊坐下，即使經過哭泣雙眼也沒有特別紅腫，他豪爽的喝著礦泉水，我微微扯開唇角。「例如甜膩膩的蛋糕，或是油滋滋的炸雞之類的，最好要加辣但是不要切。」

「韓蔓。」

「我推薦巷口那家攤子，雖然大叔很囉唆就是。」

「妳知道韓颯對我說過什麼嗎？」

「不要搬出韓颯來。」

「他說，妳是特別無情的那種類型，所以就算在妳面前示弱妳也不會心軟。」

「所以呢？」

「這一點我很感激。」

「覺得感激就要拿出實質的誠意來。」

洪諺淺淺的笑了。

假裝什麼都沒聽見的打開電視，轉到特別無聊的新聞台，「明天吧，想吃什麼都好。」

「我聽到了喔。」

「韓蔓。」

「不要一直喊我名字。」

「謝謝妳。」

洪諺以非常沉靜的眼神凝望著我，直視著他幽黑的瞳孔才稍微能看見他尚未消卻的哀傷，他很堅強，那樣的堅強建立在他的脆弱之上，而同時，他的脆弱也來自於他的堅強。

「我對這種感謝沒有興趣。」

「嗯。」他扯開淡淡的微笑，「這一點，我也感到很慶幸。」

我好像小看了洪諺的麻煩程度。

這次出現的不是女人，而是另一個男人，和洪諺輪廓有些相似的男人。

「請問，洪諺在嗎？」

「理論上是不在。」

「我是洪諺的哥哥。」他說，雖然我很想阻止他進行自我介紹，但做人要有禮貌，當作沒聽見就好。「他已經一個多月沒有回家，我們都很擔心他。」

這是你們的家務事，但韓颯教育過我，要融入社會生活無條件必須保持微笑，接著以理解的表情緩慢的點頭，接著再展現想幫忙卻無能為力的苦惱神情。

「我會轉告他。」

「能夠請妳現在轉告他嗎？」

男人的語氣在柔軟之中帶著不容違抗的強硬，我對著門板扮了鬼臉，轉頭看見正在進行伏地挺身的洪諺，然後關起門，用稍微大了一點的音量喊了洪諺。

「你哥站在外面，說你沒回家他們很擔心。」

「開門吧。」

「一開始就說過不能有訪客了，我一定要調漲房租。」

解開門鍊我將門拉開，男人禮貌的朝我點了頭便走進屋內，雖然是我家但我有強烈的感覺認為自己應該退場，但洪諺一邊擦著汗，一邊拿出冰涼的柳橙汁放在餐桌上；雖然是相當私人的事務，但蓄意擺放進一個無關的人，大概是為了避免對話太過深入。

我順從的走向餐桌，坐在椅子上捧著柳橙汁小口啜飲，眼前的畫面和幾天前非常相像，只是女人換成了男人。氣氛依然冰冷異常。

「媽很擔心你。」

「我會打電話給她。」

「下星期是我的婚禮，你應該要出席。」他說，強硬的，「無論你的私人理由是什麼，這都是你的義務。」

「要說的就這些嗎？」

「洪諺，因為讓你放棄繼承權所以我會盡可能讓你過你想過的生活，但前提是你必須時時刻刻意識到自己的身分。」男人斷然的起身，「我會派人來接你。」

男人以相當禮貌卻冷淡的姿態向我點了頭便轉身離開，他的停駐非常短暫，洪諺坐在沙發上，我坐在餐桌旁喝著柳橙汁，有一瞬間的恍惚，彷彿男人從未現身；但空氣中確實染上某些氣味，苦澀而冰冷的。

「你的生活很神秘。」

「韓蔓。」

「我今天的衣服是韓颯買的，不要妄想。」

「妳可以暫時，像這樣一直說話嗎？」

「自言自語很高難度呢。」我望著他的後腦勺，一邊咬著吸管，「不然我來唱歌好了，我超會唱歌的。」

雖然百分之八十的音都不會準，但我還是很體貼的唱起歌來，那是，我總是纏著爸爸唱給我聽的一首歌。

樸實卻溫暖的。

07

我和洪諺的生活產生微妙的質變。

沒有頻繁的談話，也沒有過多的交流，坐在同一張餐桌上進食，坐在同一張沙發上看獅子奔跑，接著他在鋪上薄毯的地板上就寢，我依然睡在單人床。

這種微小的變化起初我將其視為洪諺逐漸復原的過程，我對人的存在並不是很在意，即使生活在同一個空間之中，只要他妥切的遵守界線，某種程度上我可以將他當作擺設或者微生物得以共生；然而忽然我意識到，這種突如其來的意識沒有經過任何醞釀，像按下電燈開關一般乾淨俐落卻左右了明亮或者晦暗的兩個世界。

從那一瞬間作為起點，我開始嗅聞到屋子裡瀰漫著屬於洪諺的氣味，就像是兩個人共同生活一樣。擺在浴室的他的牙刷他的浴巾和幾件他的換洗衣物，相當有限的物品，然而一旦察覺那便是有或者沒有兩者二分的另一端。

太詭異了。

「妳家就在對面，為什麼要躺在我的沙發上？」

「我需要思考。」

「但是妳在這裡會妨礙我的思考。」

「沒關係。」我抬起眼看著坐在餐桌前翻著資料的潘丞尉，「你不是對我表示過好感嗎？為了稍微讓你適應『充滿我存在的世界』，我才選擇在這裡進行思考呢。」

「不需要，而且我對妳沒有任何好感。」

「你果然只是欺騙我的感情。」我伸長手抓住了遙控器，「反正我也沒有認真考慮我和你的關係。」

潘丞尉突然停下手邊的工作，抬起頭認真的注視我。糟糕。詭異的感覺這裡也有。

「乾脆的問妳為什麼那麼需要錢，妳會回答嗎？」

「你為什麼想知道？」

「因為覺得妳和我很像。」

「我沒有那麼難相處。」他瞪了我一眼。「因為拯救不了自己所以設法拯救另一個人嗎？」

「妳現在像刺蝟。」

「我比較喜歡獅子。」斂下眼我的視線落在桌面的某一點，他沒有繼續說話，空氣中卻飄散著若有似無的嘆息。「我知道你關心我，其實我也滿喜歡你的，但是願不願意傾訴或者能不能夠坦露，大多時候跟關心或者喜歡沒有太大關係，很無力吧，我也這麼覺得，對於自己，對於韓颯，就算知道只要說出口就好，就算不能解決問題但至少身旁的人會多少鬆一口氣，至少為了韓颯也應該這麼做，但是，我的心底深處、最深處的那裡，卡著一根極度不理性的刺，在我幾乎要坦露的瞬間，就會猛烈的刺進我的心臟，冷冷的告誡我，一旦鬆懈了，說不定就再也站不起來了。」

我說。緩慢的。

「我沒有那麼堅強，也可能一點也不堅強，所以我只能以拙劣的方式保全自己，儘管聽起來很自私，但我沒有那麼多餘力，只能想著，只要自己好好的站立，就不必讓韓颯費力的支撐……」我胡亂抹去頰邊不自覺滑落的水痕，花了一點時間平穩自己的情緒，「所以現在，要開始把財產送給我了嗎？」

「我會好好考慮。」他的嗓音非常低緩，接著輕輕的笑了。「妳繼續思考妳的問題吧。」

「我不想浪費力氣了，肚子會餓。」

「需要我告訴洪諺，今天的晚餐就放過妳嗎？」

「你哪有那麼好心。」

「是沒有。」他擺出相當令人討厭的表情，「人生就是必須面臨艱難的抉擇，是要回家面對健康養生的均衡晚餐，或是請鄰居吃任何妳想吃的料理呢？」

「卑鄙。」

「我只是提供妳另一種可能。」

沒想到我居然屈服於潘丞尉的卑鄙。

洩憤般咬著炸得金黃酥脆又淋上滿滿美乃滋的豬排，好吧，暫時放過他，但為什麼洪諺也坐在同一張桌子上？

「是要我支付三人份的意思嗎？」

「封口費。」

「你果然是討人厭的類型。」瞪了他一眼，偷夾了他盤子裡的雞塊，「應該讓最有錢的人請客。」

「我沒帶錢包。」

「我也沒帶。」

「你們兩個串通好的吧？」

坐在我對面的兩個男人居然非常有默契的聳起肩膀，接著忽視我繼續專心進行晚餐，我一邊把高麗菜絲均勻的移到對面的盤子，漫不經心的瞅著沉默同時像帶有濃重故事的男人們。

右邊這個看似還沒完全放下鄰居姐姐。左邊那個根本還困在紅唇女人的陷阱裡。愛情。我想著。

「真是膚淺。」

「什麼？」

「得不到的愛情就是得不到，自憐自艾只是浪費人生。」兩個男人同時抬起眼，以比起初更幽黑的雙眼注視著我，「人生多的是比失戀更悲慘的事，連這點感情都控制不了，隨便就被殲滅了。」

「這是安慰嗎？」

「不是。」對著潘丞尉搖了搖頭，「是數落。」

「愛情就足以擊垮一個人。」洪諺出乎意料的說了話，像是感想又像是告解，「愛得義無反顧並不是為了對方拋棄所有的一切，只要一樣就夠了，所謂的自己，像這樣遞到對方面前，讓對方不只能夠完全的擁有自己，更能夠輕易的傷害、或者拋棄自己。」

「到此為止。」我抬起筷子制止洪諺，雖然是很沒有禮貌的動作，但非常有效。「不要破壞我的食慾，而且我不想跟你有更深入的情感交流。」

他居然笑了。

「就算我毫無保留的把自己攤開在妳面前，妳大概也會假裝沒看見。」

「不要合理化，想告解找隔壁那一個，不然走進教堂我也不反對，雖然要在誰的面前坦露是你的選擇，但同樣的動作在某些人眼裡很養眼，對另一些人而言就是暴露狂。」我喝了一口冰紅茶，「我乾脆的說清楚，我不介意你沒穿衣服，但我對你情感層面的自我揭露非常的、非常的排斥。」

「這樣很好。」

「什麼？」

「陪我去參加我哥的婚禮吧。」

「我不要。」

「三千。」

「五千。」

「記得把星期六空下來。」

忽然我拿著筷子的手懸在半空中，胸腔內部瀰漫著十分微妙的詭異感受，我來回張望著對面兩個臉部肌肉缺乏運動的男人，「是陷阱嗎？」

「妳已經掉進去了。」潘丞尉以幾近哀悼的憐憫口吻，「我還以為妳是稍微聰明一點的類型。」

「再問一個問題。」

「什麼？」

「那個陷阱，抓到我之後要用來做什麼？」

潘丞尉不置可否的聳了聳肩，洪諺扯了個虛無飄渺的淺笑，沒有人回應我的問號，我嚥下最後一口白飯，算了，掉進去就掉進去了，在這種層面我相當的豁達。

反正我也不是值錢的類型。

在確認陷阱的正體之前我先撞上了山壁。

移動的步伐忽然僵在途中，我身旁的兩個男人已經距離我兩個跨步那麼遠，而更遠一點，佇立著一個熟悉的身影。誰都還沒回過頭，還沒有人察覺到空氣濃度的改變，接著在一個男人轉身之後，另一個男人也隨之轉身。

「怎麼了嗎？」

最後，是第三個男人的轉身。

「你們先上去吧。」

靜默的疑問緩慢飄散在周旁，在我幾乎已經將那問號拋擲而出的邊際，哪個人伸手推開了窗，積累的濃度迅速被捲帶而出，最後落在張瀚的影子裡。

洪諺與潘丞尉又停留了幾秒鐘之後終於旋身，在他們遠離的跫音之中疊合上小心翼翼的趨近，緩慢的，中止於一步之遙，那是以認清事實的哀傷所丈量出來的距離。

「朋友出差買了當地的點心，想說妳會喜歡。」

「為什麼不打電話？」

「想直接請管理員轉交，但一靠近這裡，居然就開始猶豫了。」他輕輕的笑了，藏匿著嘲諷，「可能，不打電話也只是讓自己有個理由出現在這裡，想著也許會碰見妳。」

「不要讓自己變得那麼卑微。」我深深呼吸，「至少，不要為了我。」

「妳不適合這種表情。」張瀚將手中的提袋遞給我，「我只是拿點心過來，妳先上去吧，我知道妳不會請我上去喝茶。」

街燈的光影將張瀚的面容切割成不對等的兩個區塊，我接過提袋，殘留著些許屬於他的溫度，目光落在他的鼻尖，我眨了幾次眼，忽然湧上我不知道該稱為惡意或者哀傷的感情。

我知道自己即將傷害他，然而我和他之間持續如此的僵持也就只會剩下傷害。所以張瀚，在體無完膚之前，我求求你，乾脆的拋棄這一切吧。

「既然都來了，就上來吧。我沒有茶，只有瓶裝果汁。」

張瀚的臉上閃現細微的詫異，在撇過頭轉身逕自往住處走去，我聽見他極為靠近的腳步聲，他就在那裡，儘管看不見但他就在非常近的身旁。

人並不需要看見才能讀出對方的感情，某些時候，特別是拚命藏匿的時刻，不看的瞬間反而能夠更加真切的觸及，因為人都是如此，費力擠壓之後總會有隨之而來的疲累，我們以為對方轉身時是安全得以鬆懈的空隙，卻沒有料想到，任何的什麼，都可能洩漏自己。

短暫的移動之後我停在門前，右手碰觸到冰涼門把的瞬間我開始猶豫，但我沒有猶豫的餘地，咬著唇我打開門，推開門便迎上洪諺專注於閱讀的側臉。

我將門又推開了一點，讓張瀚能夠毫無遺漏的看見安坐於屋內的洪諺，他沒有抬起頭，我沒有轉過身，而張瀚，沒有任何聲音。

「還要進來嗎？」

「改天吧。」張瀚的聲音這麼的近，明明就那麼近，我的手不自覺緊緊抓住提袋，狠狠咬住下唇，耗費全部氣力來維持現狀，「妳早點休息。」

接著張瀚走了。

我的力氣彷彿猛然被抽離，方才緊握的提袋應聲落地，淚水安靜的滑落，在模糊的前方我看見洪諺放下書，接著起身，最後朝我走來，我還站在原地，彷彿還能聽見張瀚故作鎮靜的聲音裡遏制不住的顫抖；洪諺伸出手輕撫我的唇，我才察覺那隱約的血腥，早已滲進我的軀體。

洪諺沉默的將我攬進懷裡，沒有安撫沒有疼惜也並非同病相憐，單純只是擁抱，就只是擁抱而已。

正因為什麼都沒有，才讓人得以喘息。

醒來的時候我看見坐在客廳的人不是洪諺，而是潘丞尉。

木然的坐在床上，以混沌的思緒試圖分辨昨夜的一切究竟是不是一場夢，然而無論夢境或者真實都沒有多大差別，藏匿在其中的核心並不會被動搖，而我從來就沒有選擇權。

「醒了？」

「嗯。」

「早餐妳請吧。」他摺起手上的報紙，「妳再不下床我上班會遲到。」

我沒有問為什麼坐在沙發上的不是洪諺而是他，順從的起身接著走進浴室進行簡單的梳洗；鏡中的倒映顯得十分憔悴，我用力吐了口氣，吸氣，接著反覆好幾次，拍了拍臉頰讓氣色顯得稍微好一些，跟振不振作沒有關係，很多時候人並沒有準備好面對任何的感情，儘管是溫暖的關心。

總是有幾個瞬間，人的心脆弱得連一粒沙都難以承載。

我又深深吸了一口氣，終於我推開門踏出浴室，旋即迎上潘丞尉稍稍挑起的眼。

「不化妝嗎？妳有發現鏡子裡面的那個人長得很像娃娃魚嗎？」

「你這樣歧視娃娃魚不怕被動保團體圍捕嗎？」

「在那之前可能妳會先被人抓去水族館。」他淺淺的笑了，站起身朝我走來，戲謔的揉亂我的頭髮，「雖然妳沒什麼同理心，但至少考慮一下我的面子吧，嗯？」

「我不在意面子問題，特別是別人的。」

他伸出手捏了捏我的左頰，大概是要我打起精神的意思，但他什麼也沒提起，

「走吧。」

跟在他身後走出房間，帶上門的聲響還沒全部散盡就被另一道驚呼覆蓋，順著聲源望去，不遠處站著的是帶著曖昧微笑的管理員大叔。

我鎖上門，喀的一聲門鎖轉動單音彷彿同時啟動了管理員大叔體內的某個開

關，他理解一般的點了點頭，「一起上班很好，一起上班很好。」

潘丞尉嘆了一口氣。

「不是這樣的——」

「小尉啊，大叔懂，大叔都懂，有個新開始多好啊，真好，真好……」

管理員大叔自顧自的說著話，接著自顧自的轉身離開，抬起眼我看見潘丞尉揉著太陽穴的無奈神情，不自覺的笑了出來。

「比起牽著我的手走在路上，這種程度有那麼糟嗎？」

「妳不知道那管理員——算了，快走，免得他想一想又繞過來。」

他稍微加快了腳步，特別是接近管理員室的時候，在管理員大叔還來不及發出聲音他就乾脆的跨過，經過大叔身旁時我聽見他愉悅的說著「害羞什麼嘛」，等我抬起頭已經和他隔了一段距離，沒有辦法只能小跑步跟上他。

「不過，『小尉』又是什麼？」

「閉上妳的嘴，什麼都不要問。」

「你知不知道最能引發人好奇心的就是『什麼都不要問』這句話？」

突然他停下腳步轉身面對我，「熔岩蛋糕，閉嘴。」

「再加一個舒芙蕾。」他瞪了我一眼。我扯開唇角。「成交。」

他再度轉身繼續前行，在早晨的日光閃耀的某個瞬間，我幾乎錯認眼前的身影，我感到如晨霧般的恍惚。忽然我想起張瀚，我從未目睹他的轉身，然而他的離去卻早已成為深深的烙印。

無論是那一天。或者往後的、註定卻尚未到來的最後一瞬。

「韓蔓，」潘丞尉的聲音拉住了我飄離的思緒，以帶有惡作劇意味的笑瞅著我，「我都忘了洪諺要我拿給妳的便當。」

「乾脆的忘掉不就好了。」

「沒辦法，我就是突然想起來了。」他把午餐盒塞進我的提袋，「洪諺是出乎意料細膩的類型呢。」

「你喜歡的話我可以幫忙，你說的，多攝取不同類型的食物有益身體健康。」

「我會考慮。」

他牽起我的手，像是一種無聲的支持，透過那碰觸輕聲的告訴我：我在這裡。

我在這裡。

所以沒有關係。

08 張瀚，以及最哀傷的註定

女人跪在我的面前聲嘶力竭的哭泣。

對不起。在她支離破碎的嗓音之中反覆拼湊著這三個單音。對不起。她的身體被極為哀戚的氣味纏繞，儘管意識到這一點，我卻無法理解眼前的畫面，站在走廊最深處，濃烈的消毒藥水味非常刺鼻難受，我稍稍皺起眉，抬起眼我看見帶著劇烈喘息奔跑而來的男孩。

他的到達彷彿讓空氣產生了流動，畫面開始顯得動態，我迎上男孩染著複雜感情的雙眼，對不起，女人的哭喊成為我對於他初始印象的背景音，從此成為一種註定。

那是我第一次見到張瀚。

他蹲下身試圖攙扶起幾近癱軟的女人，媽，他這樣喊著，我停滯的意識隨著他的聲音忽然快速旋動，非常寒冷的感覺猛然侵襲而來，對了，這裡是醫院，我終於辨別出所處的時空。

然後，意識到現實。

三十分鐘之前，爸爸宣告不治，接著被送進走廊最深處的房間裡。

眼前的女人，我又花了一些時間，妻子，對，是那男人的妻子，喝了酒開車的男人的妻子，那麼男人呢？為什麼是這個女人在這裡？

當場死亡。我的頭有點痛。我好像記得聽見這四個字。原來是這樣，所以她哭得那麼淒楚，所以她在這裡。

所以，他也失去了父親。

我又認真看了他一次，才發現他的臉上早已沾滿狼狽的淚水，他的母親跪在這裡，他的父親躺在另一個冰冷的位置，忽然我想起韓颯，韓颯該怎麼辦，他還什麼都不知道就被老師從歡鬧的畢業旅行裡獨自帶出，生硬的搭著長途火車在趕來的途中。

像這個男孩一樣，拚命的奔跑，為了抵達殘忍疼痛的目的地。

他不應該站在這裡。

「妳應該做的，不是在我面前磕頭，而是，帶他去見他的父親。」

對於我自身的冷靜我也感到詫異，但我的體內還不存在著悲傷或者憤恨，除了冷之外我什麼都還感覺不到，男孩終於攙扶起女人，他望了我一眼最後支撐著母親往父親在的地方前行。

男孩和女人離開之後，我的身體貼靠著牆壁滑坐而下，冰冷的走廊，冰冷的地板，冰冷的牆壁，我蜷曲著身軀盯望著死白的門板，爸爸就在那裡，我親眼目睹他被送進那裡。

我不知道流逝了多少時間，對我而言那其實無所謂，只是忽然，被哪個人摟進懷裡，依稀聽見對方以溫柔卻焦急的嗓音反覆喊著我的名字。韓蔓。韓蔓。她喊著。

她一直抱著我，很久之後我才想起她必須跪在冰冷的地面才能緊緊擁抱我，大概過了非常漫長的時間，然後，我聽見韓颯的聲音。

「小蔓？」

她慢慢鬆開手，我抬起眼，韓颯的身影顯得有些朦朧，他跪在我面前掌心貼靠在我的頰邊，「爸在等你。」

我這時候才看見韓颯的稚氣的臉龐早已佈滿淚痕，但我卻無能為力，想替他擦拭卻沒有任何力氣。

「我看過爸爸了。」他說，「我們先回家，然後，然後，再來帶爸回家，嗯？」

「爸為什麼不跟我們回家？」

韓颯沒有說話，淚水流得更多更兇，我眨了幾次眼，眼睛依然非常乾澀，胸口空蕩蕩的甚至體會不了他強烈的感情，韓颯用力的抱住我，讓人感到疼痛的程度。

然而這樣的痛，對我而言，仍舊，顯得極為遙遠。

對於「爸爸」、「媽媽」這個概念我一直感到相當模糊，如同我知道跨越廣闊海洋與赤道之後能夠到達的澳洲大陸有著寒冷的七月，但對於從小便體驗著悶熱七月的我根本沒辦法將寒冷與七月相互連結；直到我真正踏上澳洲並且度過了南半球的七月之後，體內才稍微存在著實感。

爸爸和媽媽這件事也一樣。

在我有限的記憶與認知之中，沒有關於父母的畫面，只有零碎的、近似於想像的屬於祖母的片段，在年邁的祖母過世之後，我和韓颯以沒有父母也沒有親人的孤兒身分被送進育幼院。

我只有四歲，韓颯才兩歲。

儘管由於年幼而得到比其他人更多的憐憫與同情，然而在成長的過程裡，對於這一點我曾經感到慶幸，在我理解失去之前就已經先失去，至少不會痛。

育幼院裡的生活並不會太差，適當的遵守規則，避免與其他孩子產生衝突，比起其他人，我和韓颯是緊密相依的兩個人，沒有孤獨這種概念；然而或許也因此，周遭的人對我而言不過是「韓颯以外的人」，並不是無情或者冷酷，只是沒有關心。

因為必須保護韓颯。

這幾乎是我最初的認知，儘管我不那麼確定韓颯需不需要我的保護，但我必須保護他。因為韓颯等於我的全部。

因此我抗拒所有想領養我的男人女人，我明白，他們沒辦法同時帶走我和韓颯，我有限的力量其實什麼也做不到，但至少，我不能離開韓颯。

在我學會戒備之後男人帶著溫柔的微笑出現在我面前，接著另一個美麗的女人牽著韓颯的手朝我走來，他蹲下身緩慢而清晰的對我說，叔叔跟阿姨想當小蔓和小颯的爸爸媽媽，但是沒有關係，小蔓可以慢慢決定，在那天之前我們會常常來，就算最後只能當小蔓和小颯的叔叔跟阿姨，這樣也很好。

那之後男人和女人每個星期都會出現，沒有逼迫也沒有催促，終於我伸手拉住男人的手，那時的我或許並不知道，也許，那個瞬間的決定會是我這一生中最正確的動作。

「你跟阿姨會一直對小颯這麼好嗎？」

「不只是小颯，小蔓也是。」男人整理了我的瀏海，用著溫柔到讓人想哭的眼神凝望著我，「小蔓把小颯保護得很好，小蔓是很棒的姐姐，但是，小蔓也還是小孩，所以，從現在開始讓已經長大很久的叔叔和阿姨保護小蔓和小颯好嗎？」

他說。

「韓蔓還是韓蔓，韓颯也還是韓颯，可能妳現在還不明白，但是等妳長大之後，再決定要繼續當韓蔓或者換成其他名字。」他溫熱的掌心輕輕握著我的手，「只要妳記得，叔叔和阿姨很感激你們是韓蔓和韓颯，因為這樣，我們才會遇見小蔓和小颯。」

「我們會有四個人的家嗎？」

「嗯，會有我們四個人的家。」

會有家。還會有我們。

接著在繁複困難的審核與手續之後他們終於成為我和韓颯的爸爸與媽媽，爸爸和媽媽沒有一瞬間違背他們給過的承諾，我的世界逐漸打開一個縫隙，那些「韓颯以外的人」開始有了區別，這些人、那些人，當躺在病榻上的媽媽緊緊握著我的手，羸弱憔悴的面容卻還帶著笑時，沒有任何一刻我如此強烈的感受，爸爸和媽媽簡直是我生命中奇蹟般的曙光。

「小蔓，對不起，媽媽明明答應過妳，要好好照顧妳跟小颯，現在卻是妳來照顧我。」

「媽有時間說這個，倒不如多吃一口飯。」

「我真的很感激，真的，雖然只有短暫的幾年，但是謝謝妳來到我的生命裡。」

「媽……」

「小蔓。」她的唇邊泛著淺笑，「除了希望妳和小颯能健康快樂的長大之外，只有一件事，希望妳能牢牢記住。」

「嗯。」

「無論多麼黑暗的地方總能找到光，但握在手心的光也還是可能會熄滅，重新面對黑暗的瞬間一定會很害怕，這時候只要想著那道光的溫暖，然後慢慢的、慢慢的尋找另一處光源，終究，會找到的。」媽溫柔的摸著我的臉頰，「夜晚越幽深，星星的光芒就更加耀眼，小蔓，我們不一定要追求太陽，但一定，不要放棄屬於妳的光亮。」

坐在告別式會場的長椅上，我沉默的凝望著爸爽朗的笑容，在媽離開之後，爸儘管哀傷卻沒有忽略我和韓颯，而是更用心的照顧我們，他總說，如果沒有小蔓和小颯爸爸絕對會跌到谷底；怎麼我到現在才意識到，這十年來，無論是爸爸或者媽媽，明明應該覺得感激的是我和韓颯，卻總是爸爸和媽媽說著謝謝這樣的話。

我明明這麼慶幸又如此感激他們的到來，也深深的愛著他們，為什麼沒有對他們說呢？

到底是為什麼呢？

「小蔓。」韓颯在我身邊坐下，伸手摟著我的肩，我才發現韓颯原來比我堅強多了，才十五歲的他像個男人一樣擋在我面前，承擔了所有後續和情緒。「爸現在到媽身邊了，比起我們，爸絕對更喜歡媽，所以，不用擔心，但是我們也不能讓爸和媽擔心，對吧？」

我輕緩的點了頭。

在抬起眼的動作裡我迎上了男孩憂鬱的眼眸，那是張瀚，我想起方才他和母親在爸的面前重重的磕了好幾個頭，剛起身一看見我和韓颯，他的母親又立刻屈下雙膝，那不是卑微，而是愧疚，對於她從未犯下的錯拚命的道歉。

他深深的望著我。

「我只是想對你們說，對不起，還有，謝謝。」

張瀚的聲音裡帶有著濃厚的顫抖，包含著愧疚，或許也藏匿著他的不解，但那可能只是我的揣想。

我和韓颯沒有要求任何賠償，儘管爸的保險金只足以支撐短暫時間，但他和母親的生活在失去父親之後更加艱困；這並不是我的寬容，而是爸和媽的，他們每一分每一秒用生命教會我和韓颯的。

「為什麼……」他用著屬於少年的口吻，卻揉合了過於成熟的低啞嗓音，「對我和我媽那麼寬容？」

「因為錯的是你爸，不是你媽，也不是你。」

「但正是因為那是我爸的錯——」

「我媽曾經對我說，無論多麼黑暗的地方總能找到光，但握在手心的光也還是可能會熄滅，重新面對黑暗的瞬間一定會很害怕，這時候只要想著那道光的溫暖，然後慢慢的、慢慢的尋找另一處光源。對我而言他們就是那樣的光，所以，我希望自己能夠只想著屬於他們的溫暖，無論是現在的痛苦或是憤怒，我不想被這樣的感情瓜分掉關於他們的想念。」

我閉上眼。並不想記憶下他的神情，無論那是什麼。

「但是，我沒有那麼寬容，也許有一天會開始產生恨意，所以，無論是你，或者你的母親，都請不要再踏進我和韓颯的生活裡。」

□

所謂的起點也同時應該是你和我的終點。

在終點之後，就只能是盡頭了。

一踏進飯店我就有種煩躁的感覺，對於不太在意其他人眼光的我湧現的當然不是「我不該踏進這裡」的心思，而是當看見擺放在宴會廳門邊的華麗婚紗照的瞬間，我終於明白陷阱是什麼了。

新郎當然是洪諺的哥哥，但照片右邊的女人，長得跟出現在我家門口的那個女人根本一模一樣。

「這種事，我希望你提早告訴我。」

「妳要我什麼都不要說。」

「你知道，這種狀況，雖然我們之間是以金錢交易為前提，但這等於強迫我觸碰你的感情生活。」

「妳還有反悔的機會。」

洪諺的側臉非常僵硬緊繃，冷硬的目光筆直盯望著前方，彷彿他即將踏入的不是婚禮會場，而是戰場。

「都到這種程度了，反悔太不划算了。」

「韓蔓。」

「需要我角色扮演嗎？」

他忽然牽住我的手，在細微的詫異之中順著他的視線我看見穿著華貴得體的婦人緩步走來，我稍微施力表示力挺我的房客，順便提醒他要記得保護我的人身安全。

「這些天你都到哪裡去了？」

我雖然吃不胖，但也沒有瘦到虛無飄渺的程度，何況洪諺還牽著我的手，存在感至少會提升幾個百分點，但這個依我推測是洪諺母親的婦人，甚至連眼角餘光都沒有滑過我的臉。

這種忽視人的能力不是短時間內能夠練就的。

「哥要我來，所以我來了。」我的手有點痛，忍耐，這不是甩開他的手的好時機，「就說我還有事，我先走了。」

「洪諺。」在我以為她會失控之際她卻壓下怒氣，反而放軟了語調，她冰冷的瞄了我一眼。「一起進去吧，都帶了朋友來不是嗎？」

當「朋友」兩個字從他母親口中扔出的時候我感覺背脊有些發涼，我祈禱著洪諺果敢一些拉著我離開，但我和他之間似乎沒有心電感應這種東西，於是我跟洪諺還是跟在她的身後踏進會場，並且沒有選擇的被迫坐在最顯眼的位置。

「洪諺有出席」這件事勉強壓過了「洪諺帶著來路不明的女人」這一點，但他的父親似乎不怎麼在乎，也許是對於洪諺的愛護，又也許只是認為我不會是弱水三千中洪諺最後會留下的那一瓢。

這不重要。

設法掙脫洪諺的手才是重點。

「會痛。」他稍微鬆開，卻沒有放手的打算。「你這樣我很難吃東西。」洪諺沒有理會我，雙眼膠著於踏進眾人視野之中的婚宴主角，不是，更準確的來說，是鎖在女人精緻的臉龐之上。

他又開始過度施力了。

嘆了一口氣，我決定姑且忍耐，結束之後再索討職災給付。新郎新娘逐漸走近。稍微思考幾秒鐘之後，我的右手輕緩的貼附上他的手背，儘管我想建議他移開視線，然而毫不遺漏的注目說不定是他的選擇。

最後，兩個人停在洪諺面前。接著走過。

在喧騰之中他彷彿再也無法遏制一般猛然起身，以衝上去搶奪新娘都不讓人意外的姿態，但他還握著我的手，所以我想，應該吃不到晚餐了。

將母親的叫喊甩在身後，洪諺拉著我頭也不回的步離會場，膨脹的喧囂彷彿在那瞬間從世界剝落，而那之中，包裹著洪諺的愛情。

女人挽著洪諺哥哥的手。

站在洪諺的世界裡。她終究會以鮮活並且延續的姿態站在那裡。而洪諺必須注視著這樣的她。

這個世界，總是如此殘忍。

「如果想借酒澆愁的話，我建議你把買酒的錢交給我，我直接打昏你，效果是一樣的。」洪諺癱坐在飯店附近公園的長椅上，以為已經飄散的頹喪氣味又悄悄竄出，「需要我安慰你嗎？」

他瞥了我一眼。

接著定格在我臉上。

伸出手我像拍柴犬一樣摸摸他的頭，「壯烈又刻骨銘心的失戀也算是一種領先的優越。」

「我哥並不愛她。」

「這不是重點。」

「那麼，重要的是什麼？」

「不知道。」夜裡的公園非常安靜，街燈的光線有些昏暗，我卻清楚的看見洪諺的臉龐。「選擇。目的。終點。任何的什麼都可以成為最重要的一點，也都能夠變成不重要的東西。」

他苦澀的笑了。

讓人非常討厭的那種笑。

「不要這樣笑，很醜，就算你長得帥也還是很醜。」

「韓蔓，妳愛那個男人嗎？」

「我不知道你在說什麼，不要把你的問題牽扯到我身上。」

「為什麼寧可承受痛苦也要把他推開？」

「到此為止。」我花了一段時間深深的呼吸，我知道，這是洪諺想問那個女人的問題，也許，在張瀚的身上，他瞥見了自己的倒映。「我說過我不想和你有深入的情感交流。」

「為什麼要這樣傷害自己也傷害他？」

傷害。

我冷冷瞪視著洪諺。

「因為愛的本身就是最深刻殘忍的傷害。」我以太過殘酷的口吻，「要不要試試，現在，還來得及，衝回會場跟你哥攤牌，說他要娶的女人是你愛的人，告訴你哥既然不愛她就放開手，啊、我都忘了，還有那個女人，就算這是她的決定，但因為你在乎你的愛情大過在乎她的選擇或者她的人生，所以無所謂，讓她進退不得也無所謂，因為你的愛情是這個世界最強大的東西，所以她必須跟著你走，所以她不能夠選擇。」

我筆直的望進他的雙眼。

「為什麼不去？」我的身體不由自主的顫抖，「你為什麼不去？」

厚重的沉默擠壓著我和洪諺，連呼吸也顯得艱難，他以哀傷的神情注視著我，那是張瀚費力掩藏的哀傷，我的淚水無聲滴落，碎落在黑夜之中。

為什麼，要以如此哀傷的目光凝望著我？

忽然洪諺將我拉進懷裡，對不起，他這麼對我說。他緊緊擁抱著我的身軀，屬於洪諺的熱度覆蓋著我的呼吸，對不起，他又說了一次。

我和洪諺陷入冷戰的狀態。

雖然表面上看起來是我單方面欺壓他，但即使如此他依然逼迫我吞嚥下各色蔬菜，對我而言這無異是挑釁，所以沒有和解的可能。

「不要坐我旁邊。」

「韓蔓。」

「不要叫我的名字。」

「那我可以叫嗎？」

抬起頭我看見帶著爽朗笑容的韓颯正站在門邊，瞪了一眼洪諺，「卑鄙。」

「誰欺負我們家小蔓了？我幫妳揍他。」韓颯走到我身旁，彎下身將臉湊到我面前，「洪諺說最近小蔓很乖，所以我帶了草莓塔來，甜膩膩的那種。」

「我不要給他吃。」

「一口都不行嗎？」韓颯誇張的皺起眉，「這樣洪諺好可憐。」

「他活該。」

「可是聽說，妳已經出了不少氣，丞尉哥說他目睹了……他用的是『暴行』這個詞，但我們家小蔓不會這樣對吧？」

這三個男人果然是沆瀣一氣。

我不可能有勝算。雖然韓颯總是很有耐心的把我當小孩哄，但他也擅長以懷柔高壓的方式迫使我妥協，簡單來說，韓颯不是有毅力，而是根本不會放棄。

「哼。」

「和好了對吧？」

「隨便啦。」

韓颯愉快的笑了，摸摸我的頭，接著起身走到餐桌將草莓塔分裝到盤中；轉身跪坐在沙發上我注視著他若無其事的表情，我不知道洪諺和他說了什麼，又或者說了多少，關於張瀚，在我和韓颯的對話之中他始終是一個不能被觸及的秘密。

大學畢業那年我毅然決然離開台灣，一個人踏上遙遠的澳洲試圖平息我體內灼燙的感情，那是我第一次離開韓颯，也是我第一次無法考慮韓颯，為了消弭洶湧的躁動我只能將所有一切拋得那麼遠。包含自己。

韓颯知道，張瀚是我所有動作的起因，在告別之前，韓颯的聲音覆蓋了整個機場的喧囂，他說，即使那是張瀚也沒關係，只要妳能感到幸福就好。

即使那是張瀚也沒關係。

然而我還是選擇割捨體內所有的感情，不只為了自己、為了韓颯也為了張瀚。我不能肯定，也許，會有一天，藏匿在深處的恨意會悄悄攫獲我的意志，所謂的愛已經無法抗衡，而我早已是最能徹底傷害張瀚的那個人。

「你就只會跟韓颯告狀嗎？」

「這是最有效的方法。」

「那你為什麼還要忍耐那麼久？」

「妳說過，道歉需要實質上的補償。」這幾天我總是以懷有著惡意的目光瞪視著他，現在才發現他的表情竟如此明朗，「所以我提供我的肉體。」

「被枕頭丟幾下才不會痛。」

「韓蔓。」

「做什麼啦？」

「沒什麼，覺得應該跟妳說謝謝。」他淡淡的嘆息，像一種遺憾卻也透著看破，「我一直抗拒著我的愛敵不過現實這件事，越來越糾結執著之後反而更加看不見眼前的她，我沒有懷疑過她對我的愛，但愛情對她而言從來就不是最重要的，明明是一開始就知道的事，到了最後卻以為自己能成為她最終的選擇，可能因為她總是以哀傷的表情愧疚的望著我，所以讓我以為愛足以將她拉往我的方向，大概，就是需要像妳一樣毫不留情的說出事實，才能戳破我的幻想。」

洪諺的聲音有些低啞，我想阻止他的獨白或者告解卻發不出聲音。

「我一直想忽視她的背叛，在我們相愛的時候她卻瞞著我進行相親，對她而言愛即使濃烈卻不能成為她的人生，她說得很清楚，她和我並不存在著終點，但一天一天經過之後我逐漸忘了這一點，直到她以堅定的口吻告訴我，她要結婚了。她沒有告訴我對方是誰，那不重要，我也以為那不重要，當我看見我哥帶她回到家裡的時候，我簡直不敢直視那畫面；我哥什麼都不知道，對他而言她是適合當妻子的女人，她也不知情，因為我從來沒有提過自己的家庭，說不定誰都沒有錯，只是剛好，有人必須要受傷而已。」

「我說過不要告解，像暴露狂一樣。」

他笑了。透著細微的苦澀。但也有著薄霧般的釋然。

「作為補償，我的草莓塔給妳吧。」我忽然意識到韓颯一直站在身後，下一秒韓颯又泰然自若的端著盤子走向沙發，「知道妳不喜歡，所以有韓颯在，不是一個人面對暴露狂應該好一些。」

「韓颯。」

「嗯？」

「這個人精神狀態一定有問題。」

「我也覺得。」韓颯愉悅的揚起燦笑，「不過滿有趣的。」

10

張瀚站在我面前。

花了幾秒鐘我才理解眼前的現狀。

這些日子我從未在公司與他偶遇或者錯身，儘管自己的作為十分卑鄙，但我確實以為這能讓他嘗試放棄。在我和張瀚幾乎能夠擁抱的瞬間，我猛然的退後，接著轉身逃離，瘋狂的奔逃，在那邊緣我忽然看見巨大而恐怖的魅影，彷彿宣告了我與張瀚之間絕不存在幸福，甚或可能。

我曾經愛過張瀚，我曾經想要愛張瀚，也反覆說服自己，他從來就不是錯的那一個；然而，他的身上卻背負著我最疼痛的黑影，靠得越近越是殘酷的擠壓著我的感情，稀薄的氧氣可能會讓人在某個瞬間失去理智。

我害怕自己傷害張瀚。

如同這些年來每一瞬間都害怕潛藏在體內的恨意會吞噬我的意志，而我知道，張瀚會用盡全身氣力來承受我的恨意。

他做好了體無完膚的預備，然而這正是我和張瀚最不能夠趨近的原因。

「後天是妳的生日。」他扯開笑，「知道妳什麼都不會收，所以就忍耐什麼都不準備，單純就來跟妳說生日快樂。」

「我聽見了。」

「小蔓。」他小心翼翼的喊著我的名字，斂下眼我刻意避開他的視線，「我應該要離開，無論多麼拚命都應該要這麼做，只是，我終於發現自己並不夠堅強，也沒有足夠的意志力，更重要的是，我看清了自己的自私。」

張瀚與我佇立在巷口，天空仍舊透著微光，我扯著背包的帶子試圖平穩自己的心思，對於張瀚我感到相當混亂，也感覺非常的悲哀。對於我們懷抱著，卻不能擁有的愛情。

他什麼錯都沒有，然而我和他之間確實存在著一個必須被擔負的錯誤，並且我和張瀚都極其明白，愛讓一切顯得更加殘酷。

張瀚不知道。我寧可他窮極一生都不要知道。他的母親曾經卑微的跪在我面前，哀求我推開張瀚，在我幾乎以為自己能夠抵抗所謂的過去，他的母親摔碎了我的以為。

「妳對父親的愛有多深，隨之而來的恨一定比那還要更重更沉，韓小姐，我不知道妳和小瀚的感情走到了哪裡，但是，如果想要得到幸福，應該還有更輕鬆的路可以走。」

更加輕鬆的路途。

我知道。張瀚也明白。然而那些幸福之中不會有彼此的存在。

他的母親沒有戳破，也許她想說的，是她不認為我和張瀚擁有的愛情足以拮抗藏匿在我體內的恨意。無論我展現了多少寬容或者做了多少讓步，在我深愛著父親的前提下，那些恨，就有存在的可能。

或者，爆裂的可能。

恨意也許會迫使我傷害張瀚，而愛情會反向摧毀我的自身，在他母親的眼裡，我讀到了深深的擔憂，不只對於張瀚，以及我。

我和張瀚，可能會同歸於盡。

「所以，你想說什麼呢？」

「我愛妳。深深愛著妳。」抬起眼我仍舊望進了他的眼，「無論如何都想讓妳知道這一點。」

「但是你知道，正因為你的愛，你才、更不能站在我的面前。」

趴在床上我漫不經心的拉著獅子尾巴，試圖揮去張瀚的臉龐，但那樣的試圖卻讓他的存在顯得更加顯明。

我深深吐著氣，像是要把胸腔內所有氣體都一併擠出的程度，接著又對自己說了一次，沒關係，儘管需要一些時間，但最終還是會跨越的。

我明白，我所經歷的過去能夠成為一種武器，只要攤開來就能得到同情或者容忍，然而我從未埋怨過降臨於我人生中的失去，因為自憐自艾沒有任何用處，憑藉著憐憫或許會比較輕鬆，但我沒有掏出自身感情作為交換的意思。

我總是盡可能想著伴隨失去而來的得到，而非黏附於擁有之上的失去。因為我是孤兒，才能夠成為爸爸和媽媽的女兒，我和韓颯也比任何手足更加親密；失去了爸爸，我卻得到了一份刻骨銘心的愛情。

所以，在失去愛情之後，一定也會有其他的什麼，會來到我的掌心。

又嘆了一口氣，我不是正向樂觀的類型，但我稍微有那麼一點慶幸自己經歷了比其他人更多更深刻的失去，至少我很擅長面對那樣的陷落。

「不吃晚飯嗎？」

「我說過不要靠近床。」

洪諺沒有理會我軟趴趴的話語，反而在床畔坐下，清楚的陷落震動著我的身體，我抓起獅子尾巴扔向他。他乾脆的接住，又放到了我面前。

「身體不舒服嗎？」帶著笑意他以討人厭的口吻說著，「今天力氣很小。」

「走開。」

「今天晚飯有牛肉捲。」

「就算外面那層牛肉烤得多好吃，裡面還不是捲著萬惡的蔬菜。」

「人生有好的部分，也就有隨之而來不討人喜歡的部分。」

「我不想跟你討論人生。」我又把獅子扔向他，這次他沒有還給我的打算，

「你還是低迷一點比較討人喜歡。」

「反正妳也沒有喜歡我的打算。」

「你今天很想被揍嗎？」

「最近不想。」他的手輕輕放在我的頭上，對於他突如其來的溫柔舉動，我有一瞬間感到些許的不知所措，「心情不好嗎？」

我決定忽略洪諺突兀的動作。

反正他精神不太正常，做些詭異的事說不定才是正常的。

「所以不要惹我。」

「要看獅子嗎？」他扯開美好的微笑，「明天應該會是好天氣。」

「韓颯又跟你說了什麼？」

「這次沒有，但妳的書架上都是關於獅子的書和影片，床上放的也是獅子玩偶，這樣的人喜歡的應該不會是熊或是兔子。」

我緩慢爬起身，大概這是洪諺明顯卻迂迴的安慰，我抬起腳，試圖把他踢下床。

「我只要吃外面的牛肉。」

他沒有說話，只是淺淺的笑著。

像是，哄著我吃飯的爸爸，溫暖的，那樣笑著。

天氣非常好，湛藍的天空與溫熱的日光，偶爾還有風。

星期六果然是適合看獅子的天氣。

「妳跟我印象中的韓蔓不太一樣。」

「精神混亂的人哪有準確的印象可言。」

「也是。」

不要理奇怪的洪諺。

我愉快的往非洲區走去，途中在台灣黑熊的柵欄外待了一段時間，儘管對其他動物顯得有些漠不關心，但我總是花相當長的時間專注看著特定的動物；韓颯常說，我對待人生的偏執在動物園裡完整的呈現出來，沒辦法分心去注意其他動物，因為體內的感情相當有限，所以在那樣的限度之中，盡可能的留給特定的幾個人。

「獅子。」

我開心的貼在玻璃上，洪諺站在我的身旁，也許是恰巧，他遮去了日光，留給我涼爽的陰影。

有相當長的一段時間我和他沒有交談，甚至沒有任何移動，我安靜的凝望著慵懶趴坐的獅子，他則放任我過度專注的凝望。

「你可以去看別的，反正你結束之後我也還是會在這裡。」

「我無所謂。」抬起眼我迎上他率性的淺笑，「韓颯應該很慶幸，妳除了垃圾食物之外還有其他喜歡的東西。」

「我聽得出來你在罵我。」

「為什麼喜歡獅子？」

「不知道，就是喜歡。」我將視線轉回甩了幾下頭的獅子，「第一次到動物園我和韓颯沿途的所有動物都仔細的看了，就像一般的小孩一樣，但走到獅子面前的時候我就不想離開，沒有辦法只好讓媽媽帶著韓颯繼續逛，而爸爸就陪著我看獅子。」

我說。記憶落在爸爸寬容而寵溺的微笑。

「爸爸從來就不催促我，就算聽到閉園的廣播他也會告訴我，沒關係，可以再待十分鐘。」我扯了唇角，卻感覺到悵然，「可能我起初只是單純喜歡獅子，但久了，關於獅子的印象裡也包含著我爸爸，特別是他溫柔的愛，雖然很對不起韓颯和媽媽，但總感覺，那是我和爸爸像是秘密一樣的共有時光……我爸過世後我就沒來過動物園了，不想一個人來，讓韓颯陪又怕自己哭，所以謝謝，真正抵達之後才知道我有多麼思念。」

我的淚水安靜的滑落，右手掌心輕輕貼上冰涼的玻璃窗，我想起，爸爸總是將手搭在我的肩上，陪我貼在玻璃窗前。

——裡面的獅子真是全世界最幸福的獅子了。

——為什麼？

——因為能讓小蔓這麼專注的盯著看啊。

洪諺將手放在我肩上，動作非常輕緩，我卻還是不自覺的顫動，他稍微靠近了一些，屬於他的氣味隱約飄送而來，明明用的是我的沐浴乳，但那氣味，卻明顯與我的不同。

「想安慰我嗎？」

「妳需要安慰嗎？」

「嗯。」

洪諺溫柔的從身後擁抱著我，下巴輕輕靠在我的頭上，他溫熱的掌心貼上我的手背，微微施力。我突如其來的淚水就這麼滴落在他的手背。

「沒關係。」他說，「在這裡只有獅子會看見。」

咬著唇我劇烈而壓抑的哭泣，或許並不是突如其來的淚水，而是長久醞釀的哀傷，我直視著眼前的風景，在模糊之中，我看見玻璃窗上倒映的自己以及他的臉龐。

說謊的男人。

他明明，就盯著我看。

女人再次站在門前。

還是我家。

不必猶豫假裝隔壁住戶或者偷偷離開，我乾脆的往前走，她的沉思彷彿被腳步聲驚擾，不很明顯的微顫之後她側過頭，終於發現我的存在。

失策。剛才轉身離開她應該也不會察覺，沒辦法，來不及了。

「洪諺，在嗎？」

她的氣勢弱了許多，也許由於那場婚禮，沒有意外她當然看見了我的出席，我起初以為她不是在意眾人目光的類型，但可能她沒有她所武裝的那麼堅強。

不過我依然沒有同情心。

「不知道，要按門鈴趁現在，我不是很喜歡門鈴的音質，所以一旦我進去了，希望妳就不要想摸那顆白色的鈕。」

她嘆了氣。我也很想嘆氣。因為我有點想家。

「能幫我轉告洪諺——」

「我不要。」當機立斷的中止她的話語，無論是什麼，我都不想參與。「那是妳跟洪諺兩個人的事，不要想拉別人進去攪和，就算要讓自己輕鬆一點，也不要認為隨便拉一個人都行得通，我沒有那種餘力也沒有那種同情心。」

「既然如此，為什麼和洪諺出席婚禮？」

盯望著她幽深的雙眸，女人似乎比我想像的還要不灑脫，既想保有洪諺哥哥妻子的美好人生，也不想割捨洪諺濃烈的愛情；我突然覺得，也許她的丈夫是洪諺的哥哥，對洪諺而言反而是最好的結果，如果不是，說不定洪諺會為了她甘願當陰影下的第三者。

與我無關，但恰好是我討厭的類型。

「因為收了錢。」我扯開沒有誠意的笑，「再給妳最後一次機會，要按門鈴趁現在。」

女人安靜的進行了幾次呼吸，在耗盡我的耐心之前她抬起纖長的手指，又做了一次深深的吐氣，終於按下門鈴。

接著沒有選擇，只剩下等。

待在門另一邊的洪諺彷彿沒有多作猶豫，以乾脆的姿態拉開了門，冷淡的神情卻不那麼緊繃，他瞄了我一眼，這次連說話都省略，我皺起鼻子心情不佳的踏進門。

女人又被放行。

煩死了。

「我要去洗澡。」

「晚餐還沒煮好。」

我和洪諺交換了有些微妙的眼神，伸手接過他遞過來的蘋果汁，雖然有種被抓住尾巴的感覺，但沒辦法，三餐的確是握在他手底的籌碼。

在女人和他往沙發坐下的同時，我開始想晚餐要吃些什麼才好。

「洪諺……」

「這裡不是妳該來的地方。」

「我知道。」女人的口吻佈滿黏稠的哀傷，我皺起眉，對於這種過高的濃度有些不舒服，「我也知道現在說什麼都沒有用，但是，無論如何我都不想讓我對你的愛被誤解。」

對你的愛。誤解。

洪諺沒有說話。

「我跟你哥的婚姻是政治性的，是一種利益，你可以責怪我沒有選擇你的愛情，但是洪諺，一開始我就說過，我不會為了愛情放棄我設想的人生。」我咬著吸管望著女人美麗的側臉，對面的男人沒有透露足以解讀的表情，「但是我愛你，這一點不能因此被抹去。」

「所以，妳究竟想說什麼？」

女人似乎對於洪諺的冷漠顯得有些詫異，她望著他，眨了幾次眼，彷彿正在思索什麼才是合適的回答；然而沒有任何回答是合適的，女人踏進這裡本身就是錯誤的開端，她挽回不了什麼，相反的，她拋擲出的每一個字都讓洪諺離她更遠，無論是現實上，或者記憶裡。

但女人是聰明的，她沒有回答，只是幽幽的嘆息。輕輕搖了頭。

「你說得對，我不該來的。」

沒有挽留也沒有道別，女人默默站起身，獨自打開門，又小心的將門闔上。

我的蘋果汁喝完了。

「肚子餓。」

「嗯。」洪諺在應聲的同時用雙手摀住臉，並且用力的吐著氣。

「我要吃披薩。」

「嗯。」

「我要去洗澡。」我跳下椅子，「你可以哭，但記得打電話叫外送，不要青椒。」

我不確定洪諺有沒有哭，他不是哭完會留下痕跡的類型，無所謂，只要他記得打電話叫披薩就好。

洪諺的雙眼緊盯著電視螢幕，但沒有人打開電視，對於瀰漫在屋子裡的巨大沉默我沒有特別的感覺，反而因為即將送來的披薩覺得有些開心；瞄了他一眼，我稍微感覺自己有點無情，所以我伸出手拍了拍他的肩膀。

「難過的話可以去找潘丞尉。」

「韓蔓。」他轉頭望向我，平板的面容卻突然拉開了笑，有些荒謬的氣息，卻也有些無法說明的什麼。「妳真的一點同情心都沒有。」

「你想表達什麼？」

這次他笑得更開了。我小心的盯視著他，洪諺的精神好像又陷入不正常的狀態，我抓著抱枕，稍微拉開一點距離。

「沒什麼。」他收起笑，隨意的耙了頭髮，「只是鬆了一口氣。其實我一直很害怕別人評論或者質疑我對她的感情，雖然和其他人無關，但如果有哪個人稍微表現一點同情，或者指著我說這樣的愛是不對的，可能連我自己都會開始動搖，不是對於這份愛情，而是對整個所謂的愛。」

他說。

「我跟韓颯其實只見過幾次面，那段時間我每天都去朋友開的酒吧，把酒精灌進自己的身體，也分不清自己想逃避的到底是她、是現實，還是自己。我沒辦法傾訴，大概我心底也明白，無論她比較愛誰，或者先在她身邊的是我，但她就是即將成為我大嫂的人，不管從什麼角度看，沒辦法放手甚至還想拉扯的我，無論是可悲或者執迷不悟，都彷彿意味著我和她的愛並不應該，或許，我最沒辦法承受的就是這一點，所以沒辦法說出口，即使對於親近的朋友也沒辦法。」他稍微停頓，扯了扯唇角，「但我對韓颯說了，也許是趁著酒意，又也許已經到了不得不說的臨界，但韓颯沒有任何感想，只問了一句『聽說你很擅長料理？』，我忘了接下來發生了什麼事，醒來之後就在這裡了，但我很感激，雖然還有一點鬱悶，但已經能夠鬆手了。」

怪異的人會在微妙的時間點進行告解，我不是很在意，這是屬於洪諺的心路歷程，需要出口所以他必須坦露，秘密被攤開的同時他也獲得了解脫，因而我只是扮演一個類似門扉的角色，我在這裡，而洪諺對我說，所以完成了開門並且踏出泥沼的程序。

於是我表示理解的點了點頭，沒有發表感想的必要，但我的確掌握到了其中藏匿的重點。

「你剛剛說你跟韓颯在酒吧……」我瞇起眼認真的盯著他瞧，「他有偷喝酒嗎？」

「這是妳聽見的重點嗎？」

「不然還有其他的重點嗎？」

「妳真的是——」

接著洪諺肆無忌憚的大笑起來，果然他有點問題，但這是他踏進這間屋子以來，第一次這麼放鬆的笑著。側著頭我貼著沙發靠背上，凝望著他彷彿雨過天晴的臉龐。

那之後，好像醞釀著某些什麼。

「暫時我還會住在這裡一段時間，韓蔓，再忍耐一陣子就好。」

「我沒有特別忍耐什麼，我不是擅長忍耐的類型。」我伸出手捏著他的臉頰，「討厭的東西我通常會毫不猶豫的丟出去，雖然你偶爾很討人厭，但還不到想丟出去的程度。」

「而且還很有錢。」

「嗯。這也是你的價值之一。」

「但妳不是奢侈的類型，除了過量的飲食之外。」

「不要想套話，也不要拐彎抹角的數落我。」門鈴忽然響了，我鬆開捏著他的手，溫度殘留在指尖上，隱約的。「去開門。」

他又笑了。

不討人厭的那種。

「鄰居葛格——」

「妳又想做什麼？」

「沒什麼，只是想跟你一起感受這個世界的美好。」

「這次想吃什麼？」

「鄰居葛格真是深得我心。」愉快的勾著潘丞尉的手，「巧克力鬆餅，雙倍鮮奶油的那種。」

「你們家洪諺呢？」

「不要破壞氣氛。」我絕對不會告訴潘丞尉，一看見流理台邊放著芹菜我就溜出來了，不能讓洪諺破壞我美好的星期六，所以我只好來破壞潘丞尉的。「走吧。」

「妳知道洪諺有一間餐廳嗎？」

「不知道，八成是養生料理或是素食餐廳。」

「是美式餐廳喔，賣妳最喜歡的，油膩的漢堡薯條之類，還是雜誌特別介紹過的，我好像還看見雜誌有寫，鬆餅、蜜糖吐司和手作布朗尼也是推薦餐點。」

潘丞尉泛起無害卻包藏禍心的笑，「怎麼，妳不知道嗎？」

「你為什麼現在才說？」

「住在一起的是妳和他，我怎麼知道妳不知道。」

像是算準時機一樣，洪諺打開房門探出半個身子，和潘丞尉交換了讓人很不舒服的眼神，甩開他的手，「你們又想算計我什麼了？」

當然這個男人和那個男人都沒有回答我，但我人再度回到半個小時前的沙發上，而潘丞尉愉悅的看著商業雜誌。

這一定是報復或者霸凌。

濃郁的芹菜氣味飄散在空間，我盡可能小力的呼吸，我居然會答應這種不平等的交易，只要吞嚥下萬惡的芹菜，三口，這是經過我的努力後的結果，就能換取甜膩膩的鬆餅。

反正我也逃不了，有總比沒有好。

我果然是豁達的類型。

「小心被獅子咬。」

「可能。」潘丞尉把芹菜沙拉推到我面前，接著又把散發濃郁甜味的鬆餅往後拉。「大概比被雷打中的機率還大一點。」

於是我開始與芹菜對峙。

我寧可吞下青椒也不想面對芹菜，但人生沒有這種交換機制，遭遇事件時沒辦法輕鬆的說「我用兩件有些悲慘的事來交換眼前這件最悲慘的事吧」。

「算了。」洪諺的輕笑彷彿救贖一般的降臨，他拿走沙拉碗，把鬆餅擺在我面前。「吃吧。」

「真是意料之外的心軟。」

「你閉嘴。」

「因為不知道妳的生日，所以晚了一陣子。」我迎上洪諺的雙眼，「生日快樂。」

那瞬間，我的感情彷彿被投擲進什麼而微微顫動。

我瞄了一眼潘丞尉，目光又移回洪諺，試圖釐清這突來的晃動究竟源於什麼，然而找不到起點，而那漣漪卻尚未止息。並且持續。

「為了慶祝我生日還這樣對待我。」

「這樣妳才會深刻的記住，我們對妳有多好，不然依照妳這種無情的性格，消化之後感謝也跟著沒了。」

「我會記恨。」潘丞尉的唇邊泛開相當令人討厭的戲謔微笑，洪諺幫我在鬆餅上淋了蜂蜜，不要管這兩個男人了，雖然韓颯不在身邊有點可惜，「韓颯有幫我唱生日快樂歌。」

「洪諺。」

「鬆餅是我做的。」

最後洪諺還是妥協了，在溫暖的星期六，他緩緩的唱起生日快樂歌。

我注視著略顯困窘的他的神情，儘管如此洪諺依然努力的唱著，尾音落下的同時潘丞尉拍了拍他的肩，以相當遺憾的口吻，「為難你了。」

洪諺深深的嘆了口氣，我愉快的笑了出來，在如此輕快的片段我的眼眶卻染上些許酸澀，終於我開始明白，眼淚並不一定源於哀傷。

「再唱一次吧。」

「韓蔓。」洪諺有些無奈的望了我和潘丞尉一眼，乾脆的站起身，「我去切水果。」

凝望著他走往流理台的身影，有那麼一點，讓人心安的感覺。

「洪諺挺不錯的。」

「所以要下手趁早。」

「我不會跟妳搶。」潘丞尉用手指沾了鮮奶油塗在我的鼻尖，「就當我送妳的生日禮物。」

12

月曆又被撕去一張。

站在立鏡旁紮起頭髮的同時我注意到貝里斯的大藍洞換成了清水舞台的夜楓，我的手忽然懸在半空中，思緒彷彿被抽離並且竄入來自遠方的恍惚，洪諺的移動讓我再度踏上現實，束緊頭髮後我將擺在桌上的午餐盒收進提袋，坐在餐桌前安靜的咀嚼著三明治。

洪諺像是察覺到什麼，替我倒了牛奶之後說了他去游泳後便逕自走出房間，我聽著門被帶上的響音，阻隔了另一端的腳步聲，我吞嚥下口中的三明治，一口氣灌下冰涼的牛奶。

深深呼吸。

所謂的時間，無論我們從事什麼動作，或者蓄意放緩移動，都無法動搖其流逝的必然。

而所謂的人，在存活的大多數歲月之中，持續進行著抵抗流逝同時冀求著流逝的矛盾；我們需要藉由時間沖刷覆蓋某些不願回顧的部分，卻又拉扯著時間試圖保留某些無法重拾的瞬間。然而直到相當久遠後的某一天，我們才得以明瞭，真正在我們生命中流動的並不是客觀的分針與秒針的推移，而是深埋在我們體內深處，靜靜旋動的鐘。

我離開住處，隨著熙攘的人群魚貫的搭上捷運，和一大群迥異卻看起來相似的人們擠壓在狹窄的車廂中，接著被另一股推力驅使，儘管是自己的目的地，卻帶著一種被動的壓力，最後沿著不平整的人行道前行，終於到達公司。

這個月份的街景總是顯得混濁不清。

站在電梯前我木然的盯著跳動的數字，沒有察覺到張瀚緩步走到我身旁，直到踏進斗大的電梯裡，他安靜的伸出手避免我和其他人過於貼近的摩擦，抬起頭的瞬間我才意識到他的存在。

我和他，太過靠近。

張瀚沒有說話，甚至沒有望向我，然而他微微施力的左手宣示了他的存在，斂下眼我不可逃躲的嗅聞著他的氣味並且感受屬於他的溫度；數字一格一格往上跳，空間逐漸不那麼擁擠，張瀚終於收回他的手。

門再度開啟，我沒有回頭，筆直踏出電梯，接著聽見門闔上的聲響。我不由自主的回頭，身體正微微發熱，那不是悸動，而是一種忍耐。

「為什麼站在電梯前發愣？」

「沒有。」

「妳臉色看起來不太好。」娜恩略顯冰涼的手貼上我的額際，「還好啊。」

「就說了沒什麼。」

「好吧。」她聳了聳肩，拉著我的手往辦公室走去，「星期天要和研發部聯誼，訂的餐廳主打舒芙蕾和楓糖奶茶，妳會來吧？」

「星期天……」

「嗯，只是湊人數，妳專心吃飯就可以了。」

「這個星期天沒有辦法。」我拉開椅子，按下電腦開機鍵，「因為有特別重要的事。」

「真可惜。」

「但我覺得非常慶幸，對於那一天。」

「韓蔓，妳真的沒事吧？」

「能有什麼事。」我稍微扯開了嘴角，「妳的瀏海有點亂，聽說總經理上午有會議，在隔壁的會議室。」

「果然是一級情報，我去洗手間整理。」轉身之前娜恩有一瞬間的沉默，望了我一眼，接著揚起嬌豔的微笑。「中午到巷口的蛋糕店吃午餐吧。」

「嗯。」

□

我和你的起點本身就是岔路，由於生命中的偶然成為彼此深刻的必然，彷彿輪迴，又如同宿命。

回眸的那一瞬流光之間，從此我開始揣想，映現於你眼底的我究竟是什麼樣貌。

然而同時我也不去回憶或者思索，屬於你的，那近似於花火的璀璨絢麗。我閉起眼，久久不去的殘影盤旋於我所陷落的幽黑深處。

關於你。

終於我明白，從起初你便是我生命中的註定，是最耀眼奪目的瞬間，也是、最深不見底的幽闇。

□

我安靜的站著，韓颯牽著我的手，同樣不發一語。

爸爸和媽媽的溫暖微笑平躺在眼前，像是留下了他們美好的瞬間，又彷彿一種無可追返的證明。

「我們都長那麼大了，他們還是一點都沒有變老。」

韓颯以微濕的棉布擦拭著照片，我將飄送著微香的百合放進花瓶，四周非常安靜，布料摩擦的聲響像是膨脹一般震動著空氣，日光灑落在韓颯的臉龐，我眨了幾次眼，目光定格在照片裡的淺笑。

人們總是為了哀悼逝去，反覆在失去的那日重新來到墓前，彷彿紀念的並非存在，而是失去。所以我和韓颯總是在爸爸和媽媽來到我們生命裡的那一天，帶著媽媽最喜歡的花束，安靜的度過一整個午後。

就像是極其日常平凡的、屬於一個家的午後。

我們四個人的家。

韓颯和我乾脆的席地而坐，拿出洪諺上午做的三明治，像是野餐一樣，自然流暢的進行稍晚的午餐，他替我撥開了垂落在眉前的瀏海，泛起像男孩又近似男人的笑。

「我們小颯，都長得那麼大了呢。」

「這好像不是妳該說的感想。」他摸摸我的頭，「我們家小蔓，還是一點都長不大。但是這樣很好，因為我已經可以保護妳了，像爸和媽一樣，所以小蔓永遠都任性的過也沒關係。」

「我什麼時候任性了？」

「嗯……」他唇邊泛開意味深長的弧度，拉著長長的單音，咬下一口三明治，沒有打算正面回答我。「天氣真好。」

皺起鼻子我慢慢喝著葡萄汁，頭輕輕枕在韓颯的肩膀上，他握著我的手，以若無其事的口吻，拋擲出讓我措手不及的言語。

「張瀚來找過我。」

我不自覺微顫，身體顯得有些緊繃，抿著唇我的左手抓著外套下襬，右手感受著韓颯的力量。兩個人之間瀰漫著長長的沉默，我遍尋不著適切的言語，延伸的留白是韓颯為了讓我穩定心緒。

他知道，從他口中說出張瀚這兩個字意味著我必須做出最後的抉擇。

「我的立場沒有改變過，儘管他是張瀚，但只要是妳的選擇我都會支持，我唯一的希望就是妳能夠得到幸福。」韓颯的嗓音似乎比我印象中更加低緩，「張瀚已經下定決心，但他說他不會逼妳，我也不想這麼做，但是小蔓，妳和張瀚的這段路已經走得太過漫長也太過掙扎，我知道妳反覆的進行著推開他的試圖，只是，張瀚之所以還站在這裡，就是察覺妳始終沒有落地的猶豫。」

他握緊我的手。

說。以過於清晰的口吻。

「小蔓，走過這麼漫長的路途，我們比誰都還要清楚，縱使傷害不是我們的選擇，但我們的選擇卻會造成傷害。」他拉起身子，側過頭以深邃的雙眼凝望著我，「妳和張瀚都已經走得太久太遠，再這樣下去，也許會永遠都無法脫身，無論是妳或者張瀚……小蔓，妳不是優柔寡斷的人，我明白妳一定非常痛苦，也因為如此，該落地的，終究必須、歸位。」

歸位。

回到屬於我和張瀚的位置。

「對不起。」韓颯的聲音輕輕晃動著我的思緒，他微熱的掌心貼放上我的左頰，「我擅作主張的讓張瀚過來這裡，雖然是很殘忍的事，在爸和媽的面前，但可能，也唯有在這裡才能乾脆的做出最終的決定。」

他深深呼吸，給了我一個寬容的擁抱。

「小蔓，不要考慮太多，只要選擇能夠讓妳自己得到幸福的那個選項就好，無論如何我都會在妳身邊。我永遠，都是妳的韓颯。」

我坐在地上，目光停駐在照片中的面容，張瀚不知道何時走近我的身旁，沒有發出聲音也沒有試圖打斷我的注視，如同長久以來一樣，以過於安靜的姿態等候著。

「我花了很長時間在思考，對我和你而言，那究竟是一種幸運或者殘忍。」我斂下眼，盯望著灰白色的碎石，「我很愛你。曾經。但我不會否認現在的我的體內仍舊帶有著對你的愛……張瀚，我以為時間會將彼此的愛情甩帶上岸，於是不知不覺跋涉了這麼遠，在我心底的你，也陷入了某個深不可見底的地方。」

我輕輕扯開唇角，旋過身抬起頭望向替我遮擋住日光的張瀚，他的表情顯得太過哀傷，彷彿這些年來所壓抑的，此刻的他，身處於此處的他，已經沒有多餘的力氣再做遮掩。

「小蔓。」他說，太過小心翼翼。「我很愛妳。」

「我知道。」

緩慢的我站起身，隔著一個跨步的距離，伸出手我輕觸著他的臉；他抬起手覆蓋上我的手背，沒有人繼續說話，彷彿為了抵抗時間的流逝定格一般維持著相同的姿勢。

這是第一次我和他如此坦然的對望。

「我們，已經走得太過遙遠了。」

張瀚的手不自覺的施力，我清楚感受到他呼吸的起伏，緩慢眨著眼，我收回手，目睹著他掌心的落空。同時毫無遺漏的看見他的無能為力。

眼前的這個男人，究竟為了不捨棄對我的愛，承受了多少煎熬呢？

往後，為了將我留在身邊，他必定在每一分每一秒都付出相對的代價；儘管那不是我或者他的選擇，也不是哪個人的錯，卻不得不有一個人負荷起黏附於愛之上的重量。

張瀚。這樣的他。

為了讓我不受到任何傷害，也為了不失去我和他之間的愛，可能他早已遍體鱗傷，卻連哀傷也必須安靜的吞嚥。

跨越我和張瀚之間的距離，我的右頰輕輕貼上他的胸前，心臟跳動的振動清晰的傳遞至我的意識，我輕輕握著他垂落在身側的手，想著，終於我和他、得以如此貼近。

淚水安靜的滴落。

劃過。

沾濕了他的外衣，滲進他心臟的位置。

「張瀚。」我以文弱的聲音小心唸著他的名字，「你可以抱我嗎？」

抬起手他緊緊擁抱住我，他的心臟開始劇烈的跳動，我聽見哭泣的聲音，然而我無法分辨，那屬於我或者張瀚。

「小蔓……我知道，打從一開始，我對妳的愛就是一種傷害，我努力著不要怨懟命運，但是，我們，我們到底做錯了什麼……」

「這世界真是殘酷，對吧？」

「小蔓——」

「張瀚，我不怪這個世界，也不恨哪個人，儘管非常痛苦，縱使開端是一個極大的錯誤，但我和你之間所擁有的愛情並不是錯誤，雖然相當的、相當的殘忍過分，然而沒有起點，我和你就不會相遇。」我安靜的嘆息，長長的嘆息。「儘管在這漫長的歲月裡，我的，你的，人生之中，留下了無數難以抹滅的傷痕，但我仍然感到相當慶幸，對於你以及，我曾經愛過你。」

對於我和張瀚而言，或許這就是最近的距離了。

「所以，這個天氣非常好的下午，就讓我屬於張瀚吧。」

緩慢的離開他的懷抱，以佈滿水霧的雙眼凝望著他沾滿淚痕的臉龐，我試著揚起笑，眼淚卻在眨眼之後反覆的落下。

「小蔓。」他說，「我真的很愛妳。」

「我知道。」

「但是我不知道妳也同樣愛著我。」

「現在，你知道了。」

「謝謝妳。」張瀚的哭泣幾乎奪去他的聲音，費著力氣他一個字一個字清楚的說出口，「謝謝妳，讓我知道妳愛過我。」

張瀚以他微顫的手將我擁入懷中，彷彿要以體內所有的愛緊緊包覆著我一樣，我聽著他的哭泣，混著我的淚水，在這個太過清朗湛藍的午後，我和他的愛情，終於，落地。

終於得以確認。

□

「就算現在的我能夠堅定的告訴自己，沒關係，因為對你的愛夠深所以能夠承受屬於過去的重量，但是，我同樣清楚，人的力氣非常有限，並且比自己以為的還要有限，張瀚，就到這裡為止吧，在彼此還能保全自己也保全對方的現在果斷的打住，沒有值得悔恨的部分，因為你也同樣明白，打從一開始，那就不是我和你能夠冀望的前方。」

13 張瀚，與我所不能及的他方

有很長一段時間我某種程度上喪失了關於這整個現實或者世界的連結，我和韓颯重新回到相依為命的起點，偶爾的幾個瞬間，差點我就以為這十一年來的幸福快樂不過是昨夜太過清晰的夢，因此我反覆確認相簿，一次又一次。

不知道從什麼時候開始，韓颯開始睡在我身邊，握著我的手，讓感情壓縮在整個空間之中，因而我稍微能夠碰觸現實粗糙的表面，凝望著他稚氣卻染著疲倦的臉龐，模糊的時間感猛然竄回我的體內，韓颯，我想著，愛的存在並非為了將人狠狠擊潰，至少爸和媽的愛不是。

於是我開始以一種過於積極的方式從事日常，我猜想這或許是一種逃躲，然而我無暇思索，辛勤的勞動讓我得以自哀傷的漩渦脫離。

每天醒來的清晨我開始遞送傳單，接著換上制服認真的上課，踏出校門之後接著走進便利商店，揚起流暢的微笑；身體的疲累使我得以確認自己，稍微感到慶幸，至少自己逐漸的走回起初的位置。

日復一日。

我想，終究有一天我能夠再度踏上現實。

然而我卻沒有料想到，並不是緩慢流逝的時間覆蓋刺痛的傷痕，相反的，男孩的身影猛烈刺激著那裂口，瞬間的劇痛狠狠將我拉回現實。

冷白微弱的街燈在深夜裡彷若魅影，起初我只感覺身後有那個人刻意放輕步伐，卻在街口的轉角不期然發現他拙劣的藏匿，忍耐著體內的灼燙，我不想讓憎恨淹蓋我的意志，於是我努力忽視他的存在；然而男孩卻持續著他的藏匿，在極深的夜裡屬於他的存在彷彿沒有邊界一般的膨脹，有幾度我差一點停下腳步，卻隱約察覺，正因為夜如此深，男孩的伴隨反而帶著某種邊緣性的安慰。

也許，我同樣藉由著他的存在來確認自身的現實。

男孩到了某一瞬間就會放棄。我是這麼想的。人的體內無論醞釀了多麼濃稠的感情，愛或者恨意，愧疚又或感激，即使是以極低限度的方式釋放，也會逐漸趨於稀薄。當男孩身影消卻的那一日，可能，我也會從中找到所謂的出口。

我停下腳步，抬頭凝望著微弱的街燈，長久以來累積的疲倦彷彿浪潮一般湧上，我感到有些恍惚，飛蛾，繞著燈罩打轉的飛蛾，究竟，懷抱著什麼樣的心思呢？

眼皮非常沉重，忽然的，我想起韓颯大概還在等我，他總是在聽見我開門的聲音之後迅速的鑽進棉被裡，為了不讓我擔心而掩飾他自身的憂慮，而我總是輕撫著沙發上他殘留的溫度，安靜的嘆息。

韓颯還只是個孩子。

我進行著緩而長的呼吸，感到有些暈眩，接著是猛烈的暈眩，我的雙腳支持不住我的身軀，哀傷的意識到這個事實的瞬間我癱軟的倒地，無論多麼奮力都撐不開眼，我無能為力，只能任憑意識陷入幽深的漆黑。我所恐懼的黑。

睜開眼我看見一張臉，模糊的，花了幾秒鐘我才能夠辨識。

「小颯……」

「喝水嗎？」我費力的點頭，他將我扶起身，輕緩的將水杯貼上我的唇邊，

「慢慢喝。」

「這裡是醫院嗎？」

「嗯。」

韓颯沒有繼續說話，他緊繃的側臉透露著他的忍耐，我小心的握著韓颯的手，他別開臉，彷彿為了掩飾他的壓抑。

接著香蘭阿姨來了。

她是媽媽最好的朋友，在爸過世之後我委婉拒絕了她想照顧我和韓颯的希望，她是個相當溫柔的人，也因此，我不想成為她的負擔。

此刻的我卻給了她最好的理由，她以她不那麼擅長的強硬姿態注視著我，彷彿宣告不容妥協的現狀。她用力握著我的手。

「既然是學生就專心念書，就算妳覺得沒關係，看著這樣的妳，小颯能好好上學嗎？」我斂下眼，不由自主的咬著唇。「等妳身體恢復了就搬到我家，房間很早就整理好了，打工我會幫妳辭掉，就算覺得抱歉也沒有辦法。」

「妳沒有必要為我和韓颯做到那麼多……」

「不是無償給你們的，房租、伙食費和學費什麼的，我都會一筆一筆仔細記下來，等到妳和韓颯都開始工作了，就算不想還我也會跟你們討。」香蘭阿姨以指腹拭去我安靜滑過的水痕，「小蔓，人不可能一瞬間就變得堅不可摧，所以在那之前，暫時找個地方躲，也沒有關係。就算是為了小颯，但是，妳也只是個孩子而已，不用急著長大，反正，就算妳不願意，皺紋還是會長出來的。」

「對不起……」

「這個時候應該說謝謝。」她溫柔的將我攬進懷裡，拍著我的背，「好好睡個幾天，嗯？」

在短暫的談話之後，她體貼的留給我獨處的空間，我盯望著純白的天花板，除了呼吸之外我盡可能摒除所有思緒，但門被小心推開的細微響聲卻打斷了我的試圖，側過頭從那縫隙中我瞥見一抹猶豫的身影。

在我陷入黑暗之前，最後閃現的身影。

「進來吧。」

他似乎沒有意料到，身體的動作有短暫的停頓，最後他還是跨過那道無形的界線。來到我的面前。

我時常想，假使那一瞬間我沒有開口，在透過縫隙確認我的安好之後他就此轉身離去，也許我和他便從此再無瓜葛；也許，我和他體內逐漸擴張的缺口，起點不過是我一閃而過的意念。

「妳……好一點了嗎？」

「嗯。」

「那就好。」

我和他之間沒有任何適切的話語，於是他就這樣靜默的站在原地，我眨了幾次眼，視線定格在他消瘦的雙頰，彷彿透過那細微的凹陷，說明了這些時日以來他承受的苦痛。

他也失去了父親，然而他的失去卻讓他必須擔負歉疚。

這個男孩，也許在整個事件之中，才是最無辜、最讓人心疼的一個。

「我想睡了。」

「嗯。」他輕輕應聲，接著替我將窗簾拉上，注視著他的背影，我的心隱約的抽痛。「妳好好休息。」

接著男孩走了。

但他卻已經來過。

他緩慢步出藏匿的黑影，以屬於張瀚的姿態滲進我的日常，安靜而小心翼翼；偶爾我會忘記張瀚這個名字延伸的意義，又在另一個瞬間太過清晰的意識到黏附於張瀚生命之中的幽暗，我的感情微微晃動，遍尋不著平衡的支點，注視著他的時刻，我開始感到困惑。

儘管明白我和他相見得太過頻繁，但韓颯從未提起張瀚，這是他的寬容；我甚至無法否認，在那些時日之中，張瀚支撐起某些我無法獨自負荷的重量。

於是，我和他，便一步一步往更加糾結、更加不可解的方向前行。

「你還是趁早離開比較好。」

「午休時間也差不多結束了。」

張瀚總是迴避著我迂迴的隱喻，用著溫煦的淺笑，他所懷抱的、極為有限的溫度彷彿都捧到了我的面前，總會耗盡的，我反覆告訴著自己，然而我所嗅聞到的，屬於愛的氣味卻越發濃烈。

與我的設想，背道而馳。

那麼，現實是不是也會和我的設想相悖，其實我是能夠牽起張瀚的手的？

差那麼一點，幾乎是不可見的落差，或者縫隙，在我的指尖將要觸碰張瀚臉龐的瞬間，她來到我的面前。

張瀚的母親。

用著極其哀傷的神情。

他母親的話語的尾音彷彿落下了無止盡的回音，為什麼明知道這條路的終點只會是盡頭卻還要步履蹣跚的走呢？她沒有言明，我也沒有回答。

因為那是我和張瀚，唯一能夠並肩行走的路途。

「我決定離開台灣了。」斂下眼我不想記憶張瀚的神情，「下星期的飛機。」

「小蔓……」

我忽然發現，這是張瀚第一次喊出我的名字，直到那一刻我才深刻的理解，這些年來我和他都極力逃躲著背負於自身的枷鎖，彷彿只要小心翼翼的避開對方的名字，就能暫時從疼痛的過去解脫。

如果他不是張瀚，或者我不是韓蔓。

可能有那麼一瞬間，這個念頭，滑過我或者他的思緒；然而正因為他是張瀚而我是韓蔓，我和他，才會擁有短暫的錯身。

「本來就不是應該聯繫的關係，所以，」我深深的呼吸，「就這樣再也不要聯絡了。」

「我只是想陪在妳身邊——」

「但不是每個冀望都能夠被實現，因為是所謂的人生。」

「正因為是人生，所以好不容易在悲慘的黯淡之中看見光亮，我沒辦法放棄，也沒辦法轉身就將一切拋開……」

「所以才要逃，不是嗎？」

「但是又能逃到哪裡去呢？」

「我不知道，至少先到一個遙遠的地方，沒有你，甚至能夠忘記自己的地方。」

「但妳總會回來。」

「所以我希望，那時，你已經不在這裡了。」

張瀚，你終究會明白，你以及你的愛不能在我的生命中同時並存，我已經擁有過一段太過奢侈的時光，所以，我希望，當我再度落地的那天，這裡沒有你，那麼我就能夠，稍微自私一些的、想起對你的愛。

14

我總是慶幸，你曾經來過這裡。
因而我得以成為此刻的自己。

15

我開始想像自己是羊。
瞪視著摻進豐富蔬菜的燉飯，我是缺乏想像力的類型，儘管如此我還是認為
把自己當作羊比假裝自己正在吃肉容易多了。
「知道獅子不吃草也能強壯的活嗎？」

「魚只吃微生物。」

糟糕。我頭好痛。繼續爭論的話說不定我的晚餐就是一碗沒有煮沸的水，主食是肉眼看不見的微生物。我舀了一湯匙塞進嘴裡，洪諺的廚藝很好，其實沒有那麼難受，我也不是完全不能接受蔬菜，單純只是心靈受創，對於無法自由掌握飲食生活這件事。

我應該再去一趟澳洲的。

「韓蔓。」

「你要告訴我，其實你還有一道炸豬排或者烤肋排沒有端上來嗎？」

「我要搬出去了。」我抬起眼，吞嚥下口中的燉飯，洪諺唇邊掛著淺笑。「下星期。」

「是喔。」

「覺得有些事必須想清楚，但待在這裡沒辦法好好思考。」

「那是因為血糖不足。」

「大概。」

他喝了一口水，托著下巴以詭異的目光凝望著我。

洪諺的注視太過專注，微妙的氣味從微小裂縫緩慢竄入我和他之間，我斂下眼，用力吞下口中的燉飯，不對，這種逃避的舉動簡直宣告著我的心虛。

我沒有逃避的理由，又為什麼要感到心虛？

「不要用那種詭異的眼神看我，我沒有什麼同情心，所以不要期待我會有感傷的表情。」

「我知道。」

「那你還看。」瞪了他一眼，不夠強烈再補一次。「吃你的飯。」

「我滿感傷的。」

「這種台詞不適合你，你該不會迷戀上我了吧？」

「是或不是有什麼差別嗎？」

「沒有。」

「我想也是。」

「你記得跟潘丞尉道別。」我泛開曖昧的微笑，「他很喜歡你，所以應該會展現你期待的、感傷的表情。」

「他知道。」

「嘖嘖，我都不知道你們背地裡進展到這種程度了。」

「不到迷戀的程度。」

「沒關係，都差不多，總會走到那一步的。」

「我是說對妳。」

吞到一半的飯突然卡在喉嚨，我不由自主的咳嗽，大口灌下洪諺遞來的水，稍微緩和之後兇狠的瞪著他，「在搬走之前想把握機會報復我嗎？」

「妳對我做過什麼會被報復的事嗎？」

「洪諺，你果然是討人厭的那種類型。」

他不置可否的扯了嘴角，以有些愉悅的姿態吃起晚餐，蹙起眉我盯望著眼前的洪諺，總感覺空氣中瀰漫著某些迷霧般確實存在卻難以掌握的什麼，我摸了摸自己的心臟，沒什麼事，很好，那應該就是沒事。

所謂的人性本質上便是一種矛盾或者混沌，無論理解了多少程度，感受性往往具有註定性的落差，意志力不夠堅強或者注意力不集中時一不小心就會踩空，掉進那幾乎能稱為先設性陷阱的陷落。

特別在於某種特定的、模糊又帶有曖昧的地帶，壓制在深處的情感便趁機從那不確定之中竄出，在極短暫的時間內，蒙蔽了意志。

最重要的是，即使在極短暫的一秒之間便奪回主權，然而事實上就只需要這麼一秒鐘，我們的人生，就帶有被翻轉的可能。

有些詭異的什麼。

但不知道那是什麼，所以就更加詭異。

洪諺的存在感確實隨著分與秒的推移逐漸加深，然而幾乎是一種必然，時間在某種程度上還是有點作用，畢竟我和他分享了相當大量的空間與日常，並且那加深的趨勢非常緩慢，不是需要特別在意的速度。至少在他提出搬離之前。

人的感受性極度的非理性，尤其處於一個動作的尾端、同時清楚看見等候的接續，在兩者之間，無論是一秒鐘或者一整天的長度，都彷彿被蓄意調慢轉速，並且放大感情。

譬如轉身的弧度，對方尚未確實踏往下一步，卻已經讓離去成為不可更動的必然，儘管不過是幾秒鐘的畫面，站在原地目睹一切的那個人的意識，像是被大量、也許會超出負荷的那種程度的大量情緒填塞，而讓人採取非理智的行動。

然而大多數的人在激情過後都會後悔。

所以為了避免這種狀況產生，暫時，至少在我稍微能掌握這詭異的感覺究竟是什麼之前，盡可能不要與洪諺有過度的接觸。

特別是在我開始產生不理智又不正常的「好像有點不捨得」念頭的現在，無論如何都必須牢牢抱住最後的理智線。

看見潘丞尉我就很有理智了。

「妳為什麼又躺在我的沙發上？」

「在這裡比較有靈感。」

「不是為了逃避洪諺要搬走的現實嗎？」

「有一點。」我漫不經心的咬著巧克力棒，電視轉了一輪之後無聊的停在音樂台，應該在他家擺幾部非洲草原生態影片的。「失去這麼輕鬆的外快確實有點感傷。」

「只有這樣？」

「不然你還期待什麼？」

「沒有期待。」他很悠閒的喝著紅茶，不加糖的那種。真是無趣。「反正妳不是遲鈍的類型，所以不會有太有趣的情節發生。」

「不要繞圈圈，我的平衡感一向不好。」

「洪諺不是喜歡妳嗎？」

「說不定只是短暫的移情作用，因為失戀的時候我剛好是借他肩膀的那個人，有沒有很扼腕，開始想如果是自己安慰他那該有多好？」

「韓蔓。」他挑起帶有些許笑意的眼，輕輕放下馬克杯，「那麼這個妳所謂的短暫期間過去之後，妳是希望證實洪諺只是移情，或者……」

或者。

潘丞尉的聲音停在這裡。

中斷是為了拉扯出無止盡的延伸。

「我不會為了這種假設性問題消耗我體內的熱量。更何況，雖然我應該表現得很鎮定，但某種程度上我也算是失戀不久的人，這時候對於我自身的判斷力，我也不是很有信心。」我坦然的點了點頭，「為了避免錯誤產生，不要採取任何行動是最好的選擇。」

「我知道妳失戀，洪諺也知道，就連管理員大叔也知道。妳是傷心過度有短暫的失憶嗎？妳忘記妳經歷了跟洪諺類似的消沉、接著是莫名其妙的暴躁，最後才稍微接近正常嗎？」他以憐憫的表情看著我，但同情的卻是洪諺，「他真是白白被欺負了。」

「我一點印象也沒有，不要捏造。」

「那妳現在為什麼要把頭埋在沙發裡？」

「個人喜好，你管我。」

「不知道是錯覺還是夢的殘影，我好像不止一次目睹長得像妳的人抓著獅子哭、抱著洪諺哭，還有兩次，真是毛骨悚然，我居然夢見自己摟著妳，妳說，我這陣子是不是壓力太大了一點？」

「建議你去看一下精神科。」

「一起去嗎？」

「不必了。」我把埋進沙發的臉拉出來，不情願的坐起身，迎上勾起調侃微笑的潘丞尉。「不會學學人家洪諺，當作什麼都沒發生過嗎？」

「機會難得。」

「至少證明我的小心臟也會為了某個人暫時發生問題。」我挑起眼，「鄰居葛格的心臟……好像也不是一直都很稱職的工作呢。」

「這些都不是重點。」我愉快的點著頭，很高興我跟他取得了共識。但他又試圖捲起另一道漩渦。「妳把心思放在洪諺身上就好。」

「你收了什麼好處？」

「沒有，只是想讓妳多幾個弱點。而且是沒辦法任意控制的弱點。」他微笑的弧度尾端泛著輕輕的溫柔，「這樣，妳才有理由哭，而我們也才有理由安慰妳。」

「那我們交往吧。」

「我還不想殘害自己到那種地步。」

「真可惜。」

「韓蔓，不要繞著圈圈打轉，像妳這種沒什麼感情的人，說不定幾個眨眼之後，好不容易產生的動搖又平穩下來，雖然沒有非得怎麼樣的必要性，但或多或少的遺憾總是會有；對於人的感情而言，比起愛或者恨意，遺憾才是真正沉重的負荷。」

「你今天很感性。」

潘丞尉不置可否的聳了聳肩，「大概因為是星期六。」

什麼都可能發生的星期六。

我瞪著門。

很無辜的門。

深深呼吸，明明就是我家，我乾脆轉開門把豪氣的推開門，踏進室內的瞬間卻頓在下一秒的起點，安靜的，比起印象中更空蕩的畫面，映現在我眼前。

任何的什麼都猶如我習慣的日常，除卻洪諺，視線來回巡視整個屋內，儘管他開始頻繁的外出，卻總是會有預先的知會，而他特地買回來的白板同樣一片空白。

是今天。

我斂下眼，想起自己之所以賴在潘丞尉家的理由。

進行著早餐的時候，我今天就搬走了，他又說了一次，也許簡單的直述句中藏匿著模糊的道別。我不確定。因而我沒有給他任何回答，沉默的咀嚼著麵包，甚至沒有望向他，因為不想從他眼底讀到失落。

我沒有挽留洪諺的權力，也擔心自己無法流暢的告別，即使是對於張瀚，我也耗費了那樣漫長的歲月，才終於說出了再也不見的話語。

張瀚的殘影是不是還在那裡，我不敢肯定，在揮去那迷霧之前我什麼也不能肯定。

「為什麼站在門口？」

熟悉的嗓音敲擊著我的意識，側過頭恰好迎上洪諺的擦身，他將放滿物品的購物袋放置於餐桌，開始進行整理。

「為什麼買這麼多東西？」

「搬家前的午餐，想讓妳多吃一點。」

「想用特別的舉動讓我更加深刻意識到你即將離開的事實嗎？」

「可能。但沒有特別想到這些。」他爽朗的笑著，「韓蔓，妳現在的表情有點嚴肅。」

「你能確定在我身上你沒有看見任何關於那個女人的影子嗎？」

「我希望我能斷然的回答妳，但是沒有辦法，不只是現在，無論是多麼久遠的往後，我都沒有辦法肯定；我愛過她，這一點是事實，經過一年或者十年都還是事實。」他堅定的注視著我，「站在妳面前的洪諺，無論是一開始糟糕的模樣，或是現在，都已經是愛過她的洪諺，我的心底深處，必然有著她的存在；而她的存在、又或對她的愛過，一定會影響我往後的行動以及選擇。所以，唯一我能回答妳的只有一件事，我已經不愛她了。」

「你很誠實。」

「沒必要對妳說謊，因為妳不會被騙。」

「嗯，我很聰明。」

「那倒不是。」

在洪諺坦率的淺笑之中彷彿有些什麼被釋放了，其實我並不那麼在乎他心底殘存著多少關於女人的感情，重要的是留戀與尚未句點的愛。

已經不愛的人們，並不意味著不痛，或者不心疼。

「你把我體內極為有限的血糖耗費殆盡了。」

「意思是現在妳沒有思考能力嗎？」他愉悅的笑出聲，「那要和我交往嗎？」

「不要。」我從冰箱裡拿出一瓶鮮奶，乾脆的喝掉一半，「沒有思考能力之下延伸的感情，才是最可怕的狀態。」

16

洪諺離開了。

這是我起床後意識到的第一件事。

窗外是豔陽高照的星期日，我緩慢坐起身，昨夜不良的睡姿導致的肌肉痠痛從頸項延伸，長長的呼吸，房間彷彿殘留著屬於星期六的餘燼。

有著洪諺的星期六以及，沒有洪諺的星期日。

站起身走近浴室以大量冰涼的水刺激著我有些萎靡的精神，甩了甩頭，盯望著鏡面倒映的臉龐；所謂的改變可以那樣細微，卻也能夠這樣絕對。

我開始思索著洪諺。

儘管他在這裡生活了一段不短的時日，卻沒有留下能夠掌握的線索，任何的，整理得乾淨俐落，沒有絲毫遺漏；繞行屋子一圈，最後我停在掛在牆邊的白板，沒有任何字跡的潔白，這是洪諺唯一落下的物品。

真是莫名其妙。

到底為什麼我要像一個失戀的女人鬱悶的盯著什麼都沒有的白板？

洪諺搬走最好，我又能重新奪回飲食生活的主控權，拉開冰箱映入眼簾的卻是豐沛的水果，我一定是瘋了，或者精神還沒回復，我的右手居然滑過鋁箔包柳橙汁而拿了一顆蘋果。

重點是我還開始吃了。

太可怕了。

趴在餐桌上，漫不經心的咀嚼著，連嘆氣的精神也沒有，緊盯著眼前那張空蕩的椅子，彷彿隨著那空位我的感情也有某些什麼被悄悄的抽離。

洪諺的道別再度躍入我的思緒。

「我要走了。」

「這句話你已經說了一百次了。」

「但是這一百次妳都沒有任何回應。」

「再見。」

「需要我的聯絡方式嗎？」

「不需要。」我瞪著他手上提著的旅行袋，「韓颯知道，潘丞尉也知道。」

「也是。」

「洪諺。」

「嗯？」

「我體內的感情相當稀薄而有限。」

「我知道。」

「我不是迂迴的人，對於你，我確實有著動搖，但那究竟是些什麼，我並不清楚。」抬起眼，我終於對上洪諺的目光。「特別是你懷抱著對我的感情，無論那深淺多寡，都賦予我傷害你的能力，跟我的意願無關，即便是無心的舉動，也可能造成傷痕。所以現在的我不會採取任何移動，也許需要一段漫長的時間，並不是要你等我或是什麼，只是想提醒你，你的感情是你的事，在兩個人牽起手之前沒有必要對我負責，所以，想離開的話就乾脆的轉身。」

「我會記住。」

他深深凝望著我，唇邊泛著讀不出確切訊息的淺笑，忽然他伸出手，將我擁進懷裡；我愣了幾秒鐘，錯過了推開他的時間點，算了，於是我安靜的待在他的胸前，聽著他的心跳。

我無聲的嘆息，儘管明白在如此貼近的狀態下試圖忽視身體內部確實擴張的空蕩只是徒勞無功，然而我也只能這麼試著，白費力氣，我知道，但我寧可耗盡所有的力氣，因為害怕自己由於那空蕩而拉扯住他。

洪諺的感情並不是用來填補我內心的空蕩。

縱使得以相互擁抱，不屬於他的空缺無論他多麼用力擁抱著我也不能填滿，而這不屬於他的空缺卻會造成他體內屬於我的空缺。

此刻的我，沒有辦法準確釐清體內的空蕩究竟源自於哪個人，不，並不是如此，那確實是屬於張瀚的陷落，是我早已做好預備以往後人生背負的空缺；然而持續延伸的空蕩，黏附著洪諺氣味的缺口，我還不能確定，那究竟、意味著什麼。

「韓蔓。」

「做什麼？」

「我會想妳。」

「就算是這樣我也不會感激你。」

「我知道。」屬於笑的震動確切傳遞到我這邊，他稍微用力一些的抱住我。

「但我還是會想妳。」

一推開門就看見潘丞尉。

我不想看見他。現在不想。但人生時時刻刻都充滿考驗，特別是在一點準備都沒有的時間點，突如其來的，分不清是巧合或者蓄意，總之無處可躲。

無論是概念上的，或者物理空間上的意義。

「臉色不太好，昨晚沒睡好嗎？」

「還沒吃早餐我現在血糖嚴重不足，所以不要惹我。」

「沒有洪諺妳的生活步調就亂七八糟了呢。」

「不要誇大。」我轉身鎖好門，決定忽略他愉悅得非常討人厭的笑容。「再說，起初我的生活就沒有洪諺。」

「就算看起來和過去沒什麼兩樣，但他曾經在那裡，並且他現在不在那裡，這兩件事依然是事實。」他稍微移開了視線，彷彿，勾起了某些以為遙遠卻仍舊貼近的記憶，「肉眼能夠看見的一切，只要花點心思就能抹去另一個人的存在，但是在內心深處，連自己也觸碰不到的地方，那個人，也到過那裡。」

我當然明白，而且是太過深刻的明白這一點。

起初我的生命中也不存在爸爸和媽媽的概念與形體，然而對於現在的我，爸和媽卻是我無以切割的血肉。如果沒有和他們相遇，我不會成為這一瞬間的韓蔓。張瀚也是。

無論是哪個人都是，儘管只是短暫的交錯，也不過是深與淺的差別。

「我真的很討厭你這種表情，非常討厭，討厭到足以毀掉整個早晨的程度。」我伸手用力捏了他的臉頰。「作為彌補，我要吃公園側門那間早午餐。」

「今天不行。」他揉亂我的瀏海，表情顯得有些無奈，「有麻煩的事必須處理。」

「就說了不要四處拈花惹草。」

「我沒有這種餘力。」他嘆了口氣，像是想起糟糕的什麼，「何況是仙人掌程度的對象。」

「不要告訴我，我不想知道。」

他伸出食指推了我的額頭，「就算請妳吃了一百次飯，妳也還是完全沒有動搖。」

「人要有一貫性。」

「韓蔓。」

「做什麼？」

「沒有，只是感嘆這世界上果然還是有不少喜好特殊的類型。」

「鄰居葛格——」

「想用這種不適合妳的可怕聲音來殘害我的耳朵嗎？不要勾著我的手，像是隨時要攻擊我一樣。」

「不要太專注在我身上，我不會回應你的感情的。」我眨了眨眼，揚起甜美的燦笑，「不過，走廊的那邊，有個人已經做好回應你的充分準備了。」

潘丞尉抬起頭。

恰好，迎上管理員大叔過分開朗的燦爛表情。

「真是熾熱的注視呢。」我拍拍他的肩膀，揚起討人厭的笑容，「真讓人害羞。」

「妳又失戀了嗎？」

「『又』是什麼意思？」

趴在桌上我戳著盤子裡的餅乾，娜恩以無藥可救的表情看著我，她用吸管緩慢旋動玻璃杯裡的大量冰塊，碰撞的聲音細微卻相當清脆，她喝了一口紅茶，伸手輕扯我的馬尾。

「失憶嗎？」

「怎麼最近每個人都這樣問我？」輕哼了一聲，「我不想談這個。」

「雖然很糟糕，但認識妳這三年來，第一次有被妳依靠的感覺；不過，太頻繁的話我會毫不猶豫把妳甩掉的。」

「我沒有失戀。」

「妳不是會心虛的那種人，但怎麼感覺有點心虛的味道？」

我猛然坐起身，認真的盯著她，又堅定的說了一次，「我沒有失戀。」

「不然是發生什麼事了？」

「男人。一個奇怪的男人。」

「能被韓蔓說奇怪那可能不是普通程度，然後呢？」

「我的心臟還很正常，但是腦袋有點混亂，程序上來說，不是應該顛倒嗎？」

「這就是困擾妳的問題？」

「大概。」

娜恩有些無言的笑了，以為她要說話結果她又笑了一次，「妳現在想一下張協理。」

「為什麼？」

「感覺一下。」

「很痛。」我指著心臟的位置，「這裡。」

「那妳想一下那個男人。」

「還是痛。」但有點其他的什麼，微小但確實的，我瞄了娜恩一眼，「現在是把我當幼稚園學童嗎？」

「不要瞧不起幼稚園學童，他們是這個世界上對愛最無所畏懼、而且最直截了當的一群人，喜歡就喜歡，想要就直接搶，沒有比他們更乾脆的人了。」

「我只是不確定，自己只是想要有個讓人安心的依靠，或是，他的存在確實動搖了我的感情。」

「但是這世界上還有人比韓颯更讓妳安心嗎？」

沒有。

即便是洪諺或是潘丞尉甚至是香蘭阿姨都沒有。

然而在這之中，我卻反覆想起洪諺。一次又一次。

「也是。」

「所以要去告白嗎？」

一旦確認了感情就必須思索後續的動作，這需要審慎考慮，非常的審慎，洪諺值不值得讓我捨棄美好的高熱量食物。

所以不要輕舉妄動。絕對不要。

「不要。」我咬了一口餅乾，不自覺蹙起眉，「暫時我還想維持愉快的飲食生活。」

但洪諺還是滲透進我的生活了。

每天中午他都親自送午餐到公司，寄放在一樓櫃台，總是以電話留下簡短的話語，卻沒有和我碰面的打算。

像是為了讓我日復一日的體驗他的存在與他的不在。

「替妳做便當是當男朋友的前提嗎？」

「不是我的前提，是韓颯的前提。」

「雖然有大量的蔬菜，但是很好吃啊。」洪諺的便當居然成了娜恩午餐的期待，「介紹給我吧。」

「也好。」

「果然是無情的韓蔓，他聽見的話說不定會哭。」

「適當的排毒對身體很好。」

「真搞不懂這些男人的喜好。」

我咀嚼著花椰菜，不過才五天沒見到洪諺，我的胸口微小的鬱悶逐漸擴張到不太自在的程度，又塞了一口雞胸肉，五天，皺起眉我想問題不是在於五天，而是我居然清楚的計算出這個數字。

洪諺似乎不是好對付的類型。

「我好像有點想他。」

「妳剛剛說什麼？」

「沒聽見就算了。」

「想他就乾脆的約他見面啊，妳又不是會害羞或是矜持扭捏的人。」

「不要。」

「為什麼？」

「我想知道自己的病情可以嚴重到什麼程度，先掌握好自己之後才來考慮另一個人的感情。」

「感情是用心去談的，不是靠腦袋，也不是靠妳的心臟。」

「徐娜恩，雖然不想這麼說，但我現在很脆弱。」撇開眼我無聲的呼出長長的氣息，「我和張瀚相互糾結拉扯了將近十年，對任何人而言都是太過漫長的一段路，不只是我的心、我的腦袋，或是我的心臟，在這十年間都拚命的拮抗。絕大部分的力氣不是用來推拒張瀚，而是用來壓制自己。」

我說。緩慢的。

「就算現在的我能清楚的感受到自己喜歡洪諺，然而還不到能夠牽住他的手時間點，不是感情深淺的問題，也不是洪諺的問題，而是這一瞬間，假使讓他踏進我的心底，洪諺就不得不背負張瀚殘存的影子，這對他不公平，甚至，也對張瀚不公平。」

以為早已流夠的眼淚又安靜的滑落，我胡亂的抹去同時深深呼吸，接過娜恩遞來的面紙，她繼續吃著她的午餐。她的若無其事就是一種溫柔。

其實我和洪諺都卡在相同的點，岔路，或者轉折，即使放下了愛情卻還沒鬆開那影子或者那個人；人都需要復原，無論是什麼樣的愛或者什麼樣的人，所謂的愛並非外來物，而是身體內部溫熱確實的血肉，一旦進行割捨或者拋棄，必定，會留下傷痕。

也必然會流血。

「某種層面而言，張協理也稱得上幸福了。」

「大概。我不知道。但對於他給我的愛，我感到非常的幸福。」

「不過妳從來沒有接受過他吧。」

「嗯。」

「所以韓蔓，等於妳根本沒談過戀愛……」

「我不想討論這個。」

「天啊，我們無情又沒什麼良心的韓蔓居然走純情路線，這世界果然無奇不有。」

「徐娜恩，不要逼我，妳知道，脆弱的人是最有可能做出最殘忍舉動的人。」

她揚起甜美微笑，無辜的聳了聳肩。

「天氣真好呢，雖然是讓人鬱悶的星期一。」

17

是幻覺嗎？

但我明明剛吃完千層派，沒理由血糖不足，我更認真的看著眼前的畫面，沒有晃動也沒有淡化，但這不能作為依據，於是我往前走了兩步，伸手，戳了戳他的胸口。

是真人。

「你為什麼在這裡？」我退了一步，視線流轉於屋內，我剛剛開的是潘丞尉家的門，這裡也確實是潘丞尉的房間，但眼前的男人並不是潘丞尉。「而且還沒穿衣服。」

「剛運動完。」

「是一般形式上的運動嗎？」

「韓蔓。」他旋開礦泉水瓶蓋，以豪爽的姿態一口氣喝下半瓶，「這裡只有我一個人。」

「這也不能構成說明。」

「我剛做完伏地挺身接著洗了澡。」我瞇起眼，他以更加堅定的口吻再說一次，「只做了伏地挺身，也只洗了澡，一般形式上的那種。」

「那你為什麼會在這裡？」

「妳呢？」

「不要逃避問題，就算你不久前才跟我告白，我也不會對於你在短暫時間內就變心選擇潘丞尉而失去理智，所以——」

「我住在這裡，從昨天開始。」

「同居？」

「是借住。」

「你忘了你很有錢嗎？就算住飯店也無所謂的那種有錢法。」

「但是這裡有妳，雖然隔著門。」

「不要拿我當作藉口。」

「韓蔓。」洪諺稍微壓低身子，也稍微靠近了我一些，呼出的熱氣撲打在我的臉上，「需要我證明嗎？」

「現在不要。」

「等到妳需要證明時記得告訴我。」他慢條斯理的穿上襯衫，總感覺有點可惜。「怎麼了嗎？」

「潘丞尉呢？」

「公司聚餐所以晚一點才會回來。」

「我來跟他借泡麵。」

「沒有這種東西。」

「流理台右上方櫥櫃的第二格，雖然沒有貼名字但那裡是我的儲物櫃，當然，作為遮蔽物的那兩盒高纖穀麥不是我的。」

「韓蔓。」

「不要想阻止我。」我認真望著洪諺，「絕對不要。」

「妳一點都不想我嗎？」

我稍微愣了下，卻躲不過他深邃的目光，我的心臟有些過動，不能移開視線，先躲開就輸了。心臟要跳就讓它繼續跳，反正心臟能做的也只有跳來跳去而已。

「稍微。」

「需要我幫妳煮泡麵嗎？」

「飲水機能做到的事就不需要麻煩你了，工業革命某種意義上是很殘酷的現實。」

「我很想妳。」

「這不會左右我的選擇。」我往後退了一步，警戒的盯著洪諺，「到此為止，我的心臟現在跳得有點快，我不想讓它出問題。」

洪諺笑了。

非常愉快的笑了。

洪諺就待在對面那扇門後。也許。

無論是走出家門或者踏出家門，我的腦中都會閃過這一點。

收回視線我乾脆的鎖好門，我不是很想探究自己這陣子為什麼總是找各種理由出門，而在離開之後又想著盡快返回。

可能我低估了洪諺的影響力。

然而為了彌補這幾個月的荒廢，他顯得相當忙碌，極少數的偶爾錯身也沒有更多的駐足，他帶著有些可惜的表情，沒有多做留戀的繼續他的移動。

對此我並沒有感到難過或者怨懟，本來我就是感情淡薄的類型，況且我和洪諺沒有給予對方任何承諾因而無須擔負任何責任；然而注視著他逐漸縮小的身影，我時常感到細微但確實的安心，他不會為了感情而捨棄自己，對於這一點我感到相當踏實。

收好鑰匙我才剛轉身就迎上某個人的注視，或者瞪視，花了幾秒鐘我想起自己見過她。在洪諺哥哥的婚禮。

她是洪諺的母親。

「洪諺跟妳住在一起？」

「不是。」我勉強扯開笑，盡可能親切禮貌，我不是很擅長社會交際，韓颯說，無條件就是保持溫婉淺笑，然後放軟語調，緩慢的、客氣的說話。同時我稍微有點慶幸洪諺不久前搬到對面。「他住對面。」

「這不重要。」

那妳為什麼要花力氣問？

忍耐。

她是洪諺的母親。在我和洪諺的關係尚且形勢不明之際，不要隨意破壞任何東西比較適當。

「我有點事……」

「如果不是重要的事，就把時間撥給我吧。」

一定要忍耐。

雖然不知道我為什麼非得忍耐不可，但姑且還是忍下來，至少她多活好幾年，所以被歸類為長輩。深呼吸。帳再找洪諺算就好。

反正不必揣想，她必定是為了洪諺而來。

於是我再度開了門，請她在餐桌坐下，想泡茶但為了避免她心血來潮想玩潑水遊戲，我還是轉念替兩個人倒了冰涼的蘋果汁。

「洪諺說他會以結婚為前提和妳交往。」

「這一定是誤會。」我盡可能以委婉的口吻，啜飲了一口蘋果汁，「我暫時沒有和洪諺交往的打算。」

她乾脆的無視我的話。

「妳不是適合洪諺的人。」

「您指的……是哪方面的適合呢？」

她有短暫的停頓，彷彿沒有預料到我的疑問，我斂下顯得有些勉強的微笑，安靜的注視著她。

洪諺母親的面容沒有過多歲月的痕跡，隱約映現著與洪諺輪廓的相似，我偶爾會想，這個世界上也曾經有過一個和我面容相似的女人，無論她採取何種動作，如同坐在我對面的洪諺的母親，都是想讓自己的孩子更加靠近所謂的幸福快樂。

「妳明白交往和結婚的不同嗎？」

「我不是很能理解這種事。」抬起眼我筆直的迎上她顯得有些嚴厲的雙眼，「我沒有結過婚，雖然很不願意承認，但其實我也沒有經歷過交往這種事……如果對您而言，婚姻就是必須帶來利益，像是洪諺哥哥那樣，那麼我確實連一點適合的邊都沾不上；同時我也沒有辦法渴切的對您說，我和洪諺的愛能跨越一切，或者類似的話，我有點喜歡他，雖然正往逐漸加深的方向前進，但為了他犧牲自己這類的承諾可能在往後也做不到。」

我的指尖輕輕滑過懸於玻璃杯壁的水珠。

「雖然這麼說很沒有禮貌，但如果伯母想插手我和洪諺的感情，建議妳從洪諺那邊來，我知道自己不會帶給洪諺利益，但其實也不太會有額外的損失，所以我沒有推開他的必要。」我泛開淺淺的微笑，「更何況，對我而言洪諺是能帶給我利益的對象，特別是實質上的。」

她沉默的注視著我。

經過了相當漫長的時間，又或者不過短暫的幾分鐘，她似乎沒有繼續交談的打算，果決的站起身，「謝謝妳的果汁，麻煩妳轉告洪諺我來過。」

「您不直接打電話給他嗎？」我其實不是很想攪和進這種錯綜複雜的糾結裡。「或者，說不定他就在對面的屋子裡——」

「如果想和洪諺交往，這種程度的麻煩，還是應該要承擔的。」

「您好像沒聽清楚，我還沒——」

我的聲音中止在她強烈的眼神下，她似乎扯了下嘴角，不很明顯，也不清楚她的意涵。我以為她會直接轉頭離開，但她卻在走了兩步之後停了下來。

「洪諺從小就是被刻意忽視的那一個，因為我是小老婆，花費了很多力氣才有了名分，但烙印在洪諺身上的私生子標記仍舊在那裡。」她的唇角染上些許自嘲，「為了我自己的不甘心連帶毀了他的人生，但他卻為了不讓我為難因而總是壓抑自己太過安分的生活，所以至少，我想讓他得到往後的幸福。」

我斂下眼。

想著。洪諺那沉靜的雙眼。

「但所謂的幸福究竟是什麼呢？」我沒有望向她，目光落在走廊地板上，「我從來沒有思考過所謂的幸福，只是想著，稍微，稍微能擁有一份屬於自己的安心就夠了。」

可能，那就是最大的幸福了。

就說了我不想攪和進這種事。

矜持了十分鐘後我決定放棄形象這種抽象的概念，乾脆的咬著多汁的牛肉，大多時候我都非常有食慾，儘管對面坐著一個缺乏表情的長輩，我也還是胃口很好。

但胃口好不代表心情也會好。

我不該乖乖給她電話的，但後悔沒有任何用處而且還浪費力氣，我緩慢眨著眼，看著她高雅的咀嚼著魚肉，等著她打破沉默。

「妳的食慾很好。」

「因為不是普通等級的肉，機會難得。」

她隱約的扯了嘴角，「洪諺見過妳的父母了嗎？」

「沒有，理論上也見不到。他們已經過世了。」

「是嘛。」

「往好處想，我沒有娘家這種東西，少了一群可能會覬覦洪諺財產的人。」

這樣說好像我打算嫁給洪諺一樣，「但我沒有嫁給洪諺的意思，現在沒有。」

「洪諺看起來已經陷進去了。」

「那是他的事，沒道理他往泥沼跳我就得跟著他一起被困住，感情從來就不是等價交換。我知道妳聽了一定會不高興，但我不擅長說謊，也不想做特別的掩飾。」

「感情沒有辦法這麼簡潔。」

「嗯，所以我在洪諺身邊偶爾會失去理智，需要一點時間找尋應對措施。」

她居然笑了。

「改天和洪諺一起回家吃飯。」

「我沒有想要和他有這麼迅速的進展。」

「總要讓另一個女人徹底死心，不是嗎？」

我微微一愣，迎上她平靜的雙眼，其實沒有特別值得意外的地方，「說不定會激起對方的慾望。」

「那也是妳必須處理的事。」

「伯母，這麼說雖然有點沒禮貌，但妳有點陰險。」

「沒有心機怎麼從外遇對象被扶正。」她真是意外的坦然，「洪諺很重感情，寧可自己承受痛苦也不願意傷害另一個人，但有些人，不被狠狠傷害是不會甘願鬆手的。」

「其實我不是很想參與。」

「太遲了。」她第一次對我揚起明顯的笑容，「我本來就沒有讓妳拒絕的意思。」

抬起頭我順著她的視線望去，恰好看見女人推開門的畫面。

「伯母，妳真的、有點卑鄙呢。」

「早點知道比較好，我本來就不是善良的類型。」

一個人的微笑怎麼可以虛偽得這麼自然？

洪諺的母親彷彿掛上完美的面具，以最適當的親切度配上最適當的淺笑，流暢的相互介紹我和女人。梓晴，洪諺的大嫂。韓蔓，洪諺的結婚對象。

大嫂。結婚對象。她蓄意在這兩個詞彙上加重語氣，女人帶著禮貌的笑，視線不帶感情的滑過我的臉龐。

真是麻煩。所以我的微笑只撐了三秒鐘。

「韓蔓的個性比較認生內向，所以阿姨覺得在嫁給洪諺之前先和妳熟悉一些也好，妳也剛舉行過婚禮，一定能提供不少意見給韓蔓。」真是說謊不打草稿，沒有辦法，我只能意思意思的扯扯嘴角，「真是不好意思，本來想一起喝茶的，但我的朋友臨時從高雄過來，年輕人慢慢聊也好。韓蔓，阿姨會先結帳，妳想吃什麼就盡量吃，嗯？」

她的眼神絕對不懷好意。

但她離開之前輕輕碰了我的肩，彷彿一種同盟，又如同一種支持。

──我只是希望洪諺能得到幸福。

我隱約的嘆了口氣，默默的朝她點了頭，於是她便緩慢的往門口走去，留下我和另一個女人。

「結婚對象？」

我不置可否的聳了聳肩，舀起盤子裡的香草冰淇淋，瞄了她一眼，她正以冷峻的表情瞪視著我，我含著香甜的冰淇淋，稍微能理解洪諺母親的心情；即使洪諺決心放下，但她就在身旁，也許還懷抱著拉扯的意圖，縱使洪諺堅定的拒絕，也不代表他不會受到更多的傷害。

有些人，不願意放手並不是為了得到，而是為了不失去。

「妳說過妳跟洪諺沒有關係。」

「那時候沒有。」

「妳──」

「蛋糕不吃嗎？我可以幫妳吃。」

我沒有激怒她的意思，也不想和她進行額外的對話，她和洪諺的感情我不應該插手，也沒有插手的餘地；洪諺母親的目的只是要讓她放棄所有意圖，安分的，待在洪諺哥哥的身旁。

因為是利益交換，所以不得不有更多的容忍與視而不見。

這是洪諺身為洪諺必須背負的重量。

「韓蔓。」

熟悉的聲音落了下來，洪諺帶著緊繃的表情緩步走來，真糟糕，洪諺母親比我以為的還要徹底，我無奈的嘆了口氣。

「我可以先離開。」

「留在這裡就好。」

「洪諺，你們——」

「沒有必要向妳解釋，但妳是我的大嫂，所以我應該正式介紹。」他的手堅定的搭在我肩上，「韓蔓是我打算以結婚為前提交往的人。」

我斂下眼，什麼都不要看，這不是我該目睹的畫面。我聽見屬於餐廳的談話聲，洪諺的溫度透過衣服傳遞到我身上，她沒有說話，取而代之的是起身的聲響。

現在，她所試圖佔有的空位也被填滿了。

她曾經以為的，無論如何都會替她保留的位置。已經不屬於她了。

選擇是必須付出代價的。

□

「洪諺。」

「嗯？」

「你媽有點陰險。」

「所以討厭嗎？」

「不討厭，只是意外的很直接乾脆。」

「我是不是也應該拜訪妳的阿姨？」

「你和我是這種需要相互拜訪家長的關係嗎？」

「妳最近有些輕微失憶的症狀，忘記這一點我也是能夠體諒的。」

「不要得寸進尺。」

「沒關係，就先從拜訪韓颯開始好了。」

「你會被韓颯揍。」

「如果妳會有一點心疼的話，挨幾下也沒關係。」

「我不吃這一套。」

「是嗎？我現在知道了。」

「你非得把事情搞這麼大才甘心嗎？」

「因為妳沒什麼感情，所以需要一些額外的約束，我記得妳說過，人要替自己打算。」

「看不出來你也是有點陰險的類型呢。」

「很高興妳發現了我不一樣的面貌。」

我狠狠瞪了洪諺一眼，他攬著我的肩暗地施力強制我往前走，熟悉的街景映現在眼前，忽然我有些恍惚，有很長一段時間我幾乎不回來，即使回來也刻意繞遠路，就是為了避免自己被屬於過去的影子追趕。

也害怕自己旋身試圖扯住那影子。

「這條路，張瀚陪我走了好幾年，隔著一段距離，但我知道他就在身後，以拙劣的方式藏匿起自己的存在。因為不是並肩走著，抬起頭四處張望也肯定不了什麼，我總是想著，或許，他就躲藏在哪個黑影裡，不是轉身離開，而是終於學會高明的藏身方法。我很害怕，儘管花費很大的力氣跨越自己體內的感情，但最讓我害怕的其實是這一點，因為張瀚太過愛我，寧可犧牲自己的人生，即使奮力推開了，我還是怕，他始終站在那裡。」

斂下眼我注視著洪諺握著的我的手。

「就這樣丟下他，若無其事的牽起你的手，本來應該直截了當的這麼做，我沒有虧欠他什麼，但是，他也從來沒有欠過我什麼……洪諺，我的心底有著一塊屬於張瀚的缺口，無論十年或者二十年，都不可能癒合或者填補的缺口，這一點，不管誰做了多少努力都不可能改變，也許有一天，你會對於這樣的缺口感到無能為力，即使是這樣，你還是想往前走嗎？」

他更加用力的握住我的手，旋身走到我面前仔細注視著我。

「韓蔓，人不可能做好所有準備，也不可能不在意對方心底的缺口，我沒有辦法給妳任何保證，我不想給妳空泛的承諾，正如同妳坦率的告訴我，窮極一生妳都會惦記著張瀚。我不知道未來會發生些什麼，但我會牢牢記住，妳愛著的是我，而不是其他人，無論妳將他放在多麼深多麼不可割捨的位置，只要妳愛著的人是我，我就會緊緊牽住妳的手。」他泛起溫柔的淺笑，「妳不是也不在意我心裡放了什麼人嗎？」

「洪諺。」

「嗯。」

「我真的會相信你。」

「如果騙你的話，就把我丟進獅子區讓獅子加菜吧。」

「也好。」

「那我們可以繼續往前走了。」
「往後走其實也可以。」
「妳在逃避嗎？」
「不夠明顯嗎？」
「妳阿姨是很可怕的人嗎？」
「某種程度上我覺得和妳媽那種類型的人相處比較輕鬆。」我甩了甩頭，再度被迫往前移動，「要不，等我們稍微有一點進展再來？」
「好像，已經來不及了。」

韓颯喝著茶好整以暇的盯著我看，另一旁的香蘭阿姨正在對洪諺進行審問，或者以她的觀點來看是培養感情。
「前幾天我和張瀚見過面。」
「是嘛。」
「他說他已經下定決心離開妳的人生，暫時先到一個遙遠的地方，所以跟公司申請外派，美國或者英國，雖然想和妳道別，但他說，妳和他真正的再見其實已經說過了。」韓颯的掌心覆蓋上我的手背，「之所以來找我，是想讓我轉達，無論多麼難過，總會跨越的，讓自己擁有新的人生才能夠讓妳安心。」

「他什麼時候離開……」

「不知道，只知道是最近，小蔓，不用擔心，這是他說的，張瀚希望我讓妳知道，這些年他感到很幸福，所以不用擔心，因為妳給他的並不是恨，而是愛。」

我也同樣慶幸，我和張瀚之間留下的是愛。

爸和媽教會我的愛。

「你們兩個在竊竊私語什麼，小蔓，妳跟洪諺打算什麼時候結婚哪？」

「連交往都還沒談什麼結婚。」我還沒發出聲音韓颯就冷冷的拋出回答，「阿姨，我一直把妳當作媽媽看待，但這件事，我必須很無情的告訴妳，就算妳很滿意洪諺，我也沒打算這麼快把小蔓嫁出去。」

「唉啊，我們小颯吃醋了啊？」

「對，我不會否認，反正洪諺也搶不過我。」

我配合的點頭，扯開無可奈何的微笑，挑釁的注視著洪諺：「在我的人生中，沒有人能比小颯更重要。」

「你們兩個真是……」香蘭阿姨拍拍洪諺的肩，「天氣這麼好，帶小蔓出去走走，我會攔住小颯，快。」

「阿姨妳現在是要站在一個外人那邊嗎？」

「沒錯。」香蘭阿姨把我拉到洪諺身邊，像是害怕他突然反悔一樣，「小蔓雖然年輕漂亮，但性格可不普通，你以為能接受的男人隨便找就有嗎？」

「阿姨，我還在這裡。」

「就是說給妳聽的，你們姐弟倆老是一搭一唱的，快點出門。」

於是我和洪諺就這樣被香蘭阿姨推出門，她絲毫不猶豫的就把門關上，我抬起頭，迎上洪諺顯得愉快但無辜的表情，「我什麼都不知道。」

「你們偷偷說了什麼？」

「阿姨確認過我的收入狀況，她說，妳的開銷有點大。」

「反正你很有錢。」

「我很慶幸這一點。」他豪爽的點頭，愉快的笑了，但語氣卻顯得認真。「雖然阿姨輕描淡寫的，但稍微知道妳有多辛苦，韓蔓，雖然妳覺得過去沒什麼好說的，但坦露並不是為了得到什麼，有些時候只是需要出口。」

「就像暴露狂只是想被看嗎？」

「差不多。」

「我覺得沒有什麼辛苦的，反而覺得很踏實，有一種自己確實活著的感覺。」

我扯了扯嘴角，「香蘭阿姨照顧我和韓颯這麼多年，雖然總是唸著『這些我都好好記在帳上』，出社會後也每個月跟我拿錢，但只是為了讓我心安，我知道，她把那筆錢都匯到育幼院，以我和韓颯的名義。那是我和韓颯待過的育幼院。你不知道吧，我和他曾經是孤兒，但後來卻擁有了爸爸媽媽，還有了香蘭阿姨，可能我比大多數的人都還要幸運，既然是幸運的事情，總是說嘴不就像是炫耀嗎？」

「韓蔓。」

「嗯？」

「妳這種表情還是不要給別人看比較好。」

「為什麼？」

「因為太漂亮了。」

「洪諺，這招對我也沒用。」

「總要試試看。」

□

總有一天妳會找到屬於妳的光亮，在幽黑深處微微發亮的光芒，沒有太陽的閃耀奪目，也無法驅逐身旁的黑暗；然而，正因為微弱而使人更想往前靠近，想伸出手護住那道光。

妳終究會明白，妳所盼望的並非絢麗的燦爛，而不過只是讓人感到安心的踏實溫暖。

必須伸出手仔細守護的微光，帶給妳的不會是對於熄滅的害怕，妳會明白，所有的幸福都必須小心翼翼的守護，而真正的愛不是期盼光芒替妳抵抗幽暗，是妳，由於這份愛不再恐懼漆黑。

因為妳的掌心之中，有著一道屬於妳的微光。

□

我打開門又立刻關上門。

站在門口我仔細確認了兩次，沒錯，確實是我家沒錯。

猶豫了幾秒鐘之後我決定暫時放棄回家，轉過身敲了對面的門，沒有等候回應便逕自開門踏入；房間主人瞄了我一眼沒有特別的反應，皺起眉我朝他走去，拉開椅子，乾脆的坐下。

「你是共犯嗎？」

「哪一部分？」他將讀完的報紙整齊摺好，揚起不懷好意的笑容，「是粉紅色的部分、蕾絲的部分，或是氣球和玩偶的部分？」

「不必這麼鉅細靡遺。」

「因為有準確的分工，韓颯也有參與。」

瞥了潘丞尉一眼，本來想拿桌上的遙控器扔向他，一聽到韓颯也在裡頭攪和我就放棄動作；我無力的癱躺在沙發上，頭有點痛，我實在不是很願意回想剛剛那一幕。

才剛開門我就目睹了異常驚悚的畫面，儘管我立刻關起門，然而過於強烈的第一印象依然讓那畫面深深的烙印在我腦海中。

在我有限的人生之中，基本上我沒有特別害怕的東西，當別人忙著尖叫的時候，我總是專注於摀住耳朵，我也沒有特別排斥的取向，即使是缺乏調味的養生料理我依然可以吞嚥而下；然而經過方才那一瞬間，我終於體悟到，我還是會有倒胃口的時候。

我簡潔單調的家具被鋪蓋上滿滿的粉紅色系或者蕾絲布料，四周懸掛、擺放著大量的氣球和玩偶，更讓人不可置信的是，洪諺居然若無其事的待在裡頭。

「洪諺又想做什麼？」

「妳去問他。」

「我不想踏進那裡。」

「這就是人生。」

「你們是蓄意在整我吧。」

「我是，但韓颯好像很滿足，像是、終於有了『姐姐』的實感。」

「實感不是靠蕾絲布料來獲得的。」我瞪了他一眼，「你去把洪諺帶出來。」

「我也不想再踏進那裡。」

「你——」

沒有辦法我只好果斷的起身，拖延不會得到任何解決，於是我再度踏入驚悚的空間，儘管出門的時候還處於正常的狀態，我深深呼吸，該死，屋子裡還充斥著玫瑰花香。

洪諺掛著溫柔微笑安靜的注視著我。

「不要用那種詭異的眼神看我。」

「我準備了妳最喜歡的料理。」

「你打算讓我在這裡吃？」

「這裡滿好的。」他順了順我的瀏海，又摸摸我的頭，「我一直想試一次。」

「試什麼，少女浪漫風嗎？」

「不是，是驚喜，夢幻的那種。」

「我不喜歡浪漫的情節。」

「我有猜到。」

「所以？」

「總要嘗試各種方法，我意外的發現自己挺有冒險精神的。」

「這是暗諷嗎？」

「我會把這個當作告白，雖然不到迷戀的程度，但我喜歡妳，很喜歡的那種。」

「告白可以在晚餐之後嗎？」

「韓蔓。」

「做什麼？」

「不聽完就沒有晚餐。」

「做人不要這麼卑鄙，我知道你喜歡我，重點都說了，其他的不會比晚餐還要重要，所以——」

洪諺忽然朝我走近，在我反應之前他就傾下身，鼻尖輕輕擦過我的，接著，以緩慢的方式貼上我的唇。

沒有多作停留，洪諺以極近的距離凝望著我，我的心臟又開始劇烈跳動，不行，這樣會失去判斷力。我稍微後退了一步，又後退了一步，但沒有下一步了，因為洪諺拉住我的手臂。

彷彿為了逼迫我正視他的觸碰，而特意給了我一大塊留白。自由發揮。

但我實在沒什麼想像力。

我只知道洪諺就在我的面前，不必費力就能觸碰的近處，無須找尋就能看見的身旁。他就在這裡。

對我而言這已經太過足夠。

「好，我知道這也很重要，所以，可以讓我吃晚餐了嗎？」

「妳真的是——」

「要有充足的血糖我才有辦法好好考慮你的告白。」

「但是我的策略是趁虛而入。」

「這不是光明磊落的策略，不過挺好的，比一般途徑快多了。」我拍拍他的肩膀，「你可以開始把財產送給我了。」

「可以進一步的說明嗎？」

「對於你以後不必交房租就能住我家這一點，我感到非常心痛，你知道，心痛的時候就需要能夠撫慰人心的、沒有營養的高熱量食物——」我伸手阻止洪諺的趨近，「現在我不想要這種食物，給我真的能吃的。」

「我果然很有冒險精神。」

「很高興你這麼肯定自己。」

「韓蔓。」

「能一次說完嗎？」

「我們結婚吧。」

「現在的男人是流行跳過交往階段嗎？」我無奈的站起身，洪諺大概是沒得到想要的回答就不讓我吃晚餐，伸出手我捏住他的臉頰。「雖然我不是很在意世俗眼光，但我怕被韓颯綁起來修理，所以不行，先從交往開始，既然準備要交往了，我們是不是應該開始進行培養感情的晚餐約會呢？」

「這樣很好。」

「不要得寸進尺，千萬不要，你知道，我不是很有感情的那種。」

「沒關係，我只要成為妳世界裡的獅子就好。」

「太貪心了。」

「我知道。」他溫柔的揚起微笑，「但是沒辦法，因為喜歡妳。」

「好吧，我會在星期六去看你。」

「其他天呢？」

「等吃飽再考慮。」

「韓蔓。」

「又有什麼事？」

「我很慶幸能夠遇見妳。」

「這種心得能維持十年再說，」我撥了撥瀏海，「我對浪漫的情節沒有興趣，但是，如果十年後你還有這麼豐沛的感情跟力氣的話，我會配合的。」

「那等十一年吧。」

「為什麼？」

「至少要超越張瀚。」

看著洪諺堅定的表情我忽然笑了出來，輕輕嘆了口氣我往前跨了一大步，伸手緊緊擁抱住他，可能洪諺會感到納悶，然而對我而言，能和他流暢而自然的提起張瀚，已經是最動人的話語。

他毫不猶豫的便接受我心底最深的缺口，並且溫柔的輕撫。

這是我最渴切期盼的，愛。

「怎麼了？」

「十一年後再告訴你。」

□你已經成為我的微光。

▭番外

這是我第七次見到他。蓄意的。

瞄了一眼腕錶，七點四十六分，比我習慣的上班時間還早了半小時。

在嘈雜的馬路旁大多數的人都戴起了耳機，對於周圍的人們漠不關心，他同樣專注於自己手中的書，我感到有些佩服，畢竟這裡實在是太吵了。

公車終於來了。

隨著人群魚貫的上車，屬於公車的特殊氣味我一直無法適應，即使住處附近就有公車站牌，我依然選擇搭乘必須耗費十分鐘路程的捷運；直到兩個星期前突發的捷運事件，媽特地打電話要我暫時不要搭捷運，我才不情願的走向公車站牌。

雖然只等了幾分鐘，但我想這時候的捷運應該會相對顯得空蕩，正打算放棄時公車恰好抵達，踏上車感應悠遊卡我才想起忘記加值，昨天出站時已經是負數，我煩躁的試圖翻找出錢包，感覺身後的隊伍已經湧現不滿的氣味。

「一起刷吧。」

身後的男人忽然這麼說，用著溫厚的淺笑解除了我的尷尬，來不及道謝就被陸續擠入的乘客往前推，他似乎並不在意，只是安靜的站在我的左手邊。

「謝謝，下次我再還給你吧。」

「不用在意，有機會妳再幫另外一個人，這樣說不定哪天我就會被幫到了。」

他的微笑裡帶著一種難以說明的溫柔，我體內的感情忽然有些躁動，扯了扯嘴角我不自在的低下頭，不是因為他，而是由於我逐漸升溫的雙頰。

從那天起我就不由自主的往公車站牌走去，一邊告訴自己「是因為媽的要求」，卻又清楚那不過是藉口；然而我再也沒和他說過話，就只是這樣，隔著一段距離以彷彿作賊心虛的眼角餘光瞄向他。

嘆了一口氣，我頹喪的咬著硬質吸管，明明自己就擺出一副對感情無所畏懼的模樣，也成天對著韓蔓談論要勾引總經理的策略；但我和韓蔓都明白，那不過是我稍微逃離現實的一種方法。

想像。

揉合於現實之中、非常真實的想像。

最讓人不可自拔的不是夢幻般的設想，而是讓人以為能夠實現的幾乎。

總經理的存在對我而言，大概就像近在咫尺的偶像，藉由恣意的幻想來舒緩自己緊繃的神經；但眼前的這個男人不同，儘管我試著將他視為取代總經理的新偶像，我卻意識到兩者之間絕對性的差異。

對於總經理，我認為保持現狀是最理想的狀態。

然而對於這個男人，我的腦袋裡卻充斥著打破現狀的念頭。

想要、更靠近一點。

真是糟糕，徐娜恩妳到底在想什麼？

無聲的嘆了口氣，支撐著由於行進而晃動不穩的身軀，簡直如同隱喻，處於想望之中的人心分分秒秒都在搖晃，動盪。

期盼落地，卻又憂心那並非降落而是失速墜地。

以眼角餘光瞄了他一眼，這些天我總是刻意提早抵達，固定坐在早餐店最外側的座位心不在焉四處張望，只要他一現身便若無其事的起身，只為了能站在他的身旁。

確實成功了，也站在他身旁了，然而就算離得那麼近，近得幾乎能觸碰到他的存在，一次又一次，同樣什麼都沒開啟。

自己明明用盡心機卻跨不出第一步，這樣就算列出一百個策略也沒有任何用處。紙上談兵。完全無法攻下城池。

這樣好了，正好這個司機喜歡猛踩油門和急剎車，假裝站不穩倒向他，接著以最嬌弱的角度緩緩抬起眼，一舉抓住他的心。

不、萬一他跟著摔倒，連帶壓倒隔壁的正妹，這樣一來他很有可能會跌入正妹的掌心，不行，等下次他隔壁是個大叔再說。

不然，送個包裝精美的甜點給他，作為先前的謝禮，接著自然的攀談……

「……韓蔓？」感覺沒睡飽的韓蔓面無表情的朝我走來，伸手扯住拉環，一點也沒有理會我的打算。「妳為什麼會搭公車。」

「洪諺還沒做完便當我就出門了。」

「犧牲睡眠也不想吃便當，妳真會傷洪諺的心，但這跟妳搭公車有什麼關係？」

「潘丞尉會搭捷運。」

「妳簡直是製造洪諺向潘丞尉訴苦的機會，不怕他們發展出不可告人的關係嗎？」

「我不介意。」

「妳真是——」

「現在不是把注意力放在我身上的時候吧。」

韓蔓在精神不濟時更加沒有同情心，她滿不在乎的瞄了男人一眼，沒有任何感想。我撈出包包裡的巧克力，打開包裝後塞進她的嘴裡。

「軟掉了。」

「吞下去都一樣。」

她將拉著拉環的右手換成左手，我以為她還想要另一塊巧克力，低下頭打算整包拿出來，卻在下一秒我感覺到來自左側的推力，配合著公車司機的急剎車，我驚慌的想穩住身子，卻找不到所謂的重心，只能狼狽的倒向右邊。

結實的落在男人的懷裡。

韓蔓的臉上一點表情也沒有，分明就是她出手推我，但她打了個呵欠，似乎不打算參與。

「妳沒事吧？」

「沒、沒事。」

我花了一點時間才站穩，男人的溫度和力量彷彿還殘留在我的身上，熱，強烈的熱氣猛然從體內竄出，我甚至不敢抬頭望向他。

公車司機又剎了一次車，這次我緊緊抓住鐵桿，感覺到男人從我身後走過，他總是在我前兩站下車，其實我根本不明白那瞬間自己究竟在想些什麼，可能一點想法也沒有，直覺般的、衝動的，我立刻跟著男人下車。

在公車門闔起的同時我拉住了男人的手。

他詫異的轉身，帶著不解的神情注視著我，我感覺自己的手有些發顫，有種極為強烈的預感，一旦錯過這瞬間，我和他就不會再有下一個瞬間了。

所謂的勇氣就是一瞬間的衝動。

「你、你有女朋友嗎？」

男人愣住了。

我也同樣愣住了。

下一秒鐘我才意識到自己說出了多麼荒唐的話語，不該是這樣的，說聲謝謝也好，甚至是大膽的直接告白也比這句話強多了。

再見。徐娜恩短暫的春日單戀。

他有些不可思議的笑了，帶著一抹尷尬，我立即鬆開手，理智回復之後我開始感到無地自容，想挖洞卻沒有足夠的時間，於是只能狼狽的站在地面上，連逃都沒有力氣。

「沒有。」

他的嗓音帶有一種失真的魔幻感，我瞪大雙眼難以置信的注視著他，接著他又笑了，旋過身繼續他被中斷的移動。

凝望著他逐漸縮小的背影，沒有，這兩個字在我腦中無限回放。

最後，落在他微笑的弧度終端。

「我該怎麼辦才好，說不定已經被他當作奇怪的女人了……」

「一開始就認清事實不好嗎？」

「韓、蔓。」

她無所謂的咬著三明治，儘管已經隔了三天，積聚在我體內的羞恥感絲毫沒有淡去，反而隨著時間流逝而加劇，我無力的癱在沙發上，視線滑過客廳內的每一個人，果然，韓蔓身邊的每個人都沒什麼同情心，讓人非常不悅，卻也有點安心。

「乾脆直接告白，說不定對方對妳有興趣，被拒絕大不了再也不搭公車，反正妳本來就搭捷運。」

「已經過了那麼多天，他可能已經忘了。」

我忍住不對下著西洋棋的韓颯和潘丞尉翻白眼，不是為了維持形象，而是戴著隱形眼鏡不舒服。

「不是每個人都是魚好嗎？」

「不要歧視魚。」

「也不要歧視韓蔓。」

算了，不要理這兩個人比較恰當，轉過頭我把希望投注在稍微正常一點的洪諺身上。他正在逼迫韓蔓吞下花椰菜。

「先假裝什麼都沒發生過，觀察一下對方的反應，再決定要採取什麼動作也不錯。」

「徐娜恩演技不好。」

對、徐娜恩演技不好。

韓蔓冷淡的語調往往一針見血。

但不想放棄也找不到乾脆告白的勇氣，只能勉強的施展自己的演技，所以又花了兩天醞釀，我終於再度踏上公車。有他在的 299。

深呼吸，我不自在的瞄了他的側臉，兩個人之間隔著三個人，暫時我沒辦法悠然的站在他身旁；然而不過是短短五日未見，我卻嗅聞到了所謂思念的氣味。

思念。

我甚至不認識這個男人。

然而感情從來就無需理智，也無需任何前提或者基礎。

「我以為妳不會出現了。」

男人的聲音忽然落了下來，打斷了我拉扯的思緒，不知何時我和他之間的乘客都已下車，抬起頭我瞅著他，不自覺揪著包包背帶。

「呃、我……那個……」

他安靜的注視著我。

「我喜歡你。」

籠罩著我和他的時間似乎從我的話尾作為靜止的起始，我剛剛好像對著他說了些什麼，我反覆確認了幾次，終於意識到我不小心把腦海裡想著的事說了出來。

天啊，徐娜恩妳到底是怎麼了？

我的春日單戀果然一去不復返了。

再見。

青春尾端無望的、稱之為戀或者愛的雲煙。

「不是、我的意思是……是……」

「這不是隱藏攝影機之類的整人活動嗎？」

我認真的搖頭。

忽然我發現這是他替我鋪設的台階，皺起眉我不自覺抬起手覆蓋住自己的臉，好好的台階不下，現在我真的活該從高處直接摔下去。

但既然要摔，就摔得有價值一點。

放下手我深吸一口氣，再度抬起頭，筆直的望向他。

「可能你會把我當作奇怪的女人，因為我也覺得現在的自己很奇怪，但我喜歡你，這點是真的。」

儘管我不明白也猜不透為什麼自己非得在搖晃的 299 裡對一個陌生男人進行告白，然而在反覆的晃動裡他的臉龐反而顯得真切。

無論多麼仔細注視，事實上人不可能真正看清另一個人，輪廓的邊緣總是帶著模糊感，正如此刻疊合在左右擺動裡他的面容。

「妳應該還不認識我吧。」

「就算是那樣也還是喜歡，我不是沒談過戀愛的小女孩，也知道不應該這麼貿然莽撞，但是，」我的喉嚨顯得異常乾渴，即使開了空調我也還是覺得非常的熱，「正因為已經離開了那種不切實際的青春，對於這種沒有經過任何思考就湧現的感情，我感覺非常真實，而且，不想錯過。」

「我也不想錯過。」

「你、你說什麼？」

「我該下的站。」他揚起少年般的清朗微笑，彷彿戲謔卻又直率，「我需要一點時間消化，而且今天有重要的會議不能遲到。」

「所以……」

「暫時沒有所以。」

他說。

「明天見。」

——明天、見？

「我是不是遇上了一個無法捉摸的男人？」

「摸摸看就知道了。」

「不是字面上的意思。」

韓蔓用筷子戳著雞蛋豆腐，她用手托著下巴有一搭沒一搭的咀嚼著午餐，韓蔓對健康清淡的便當沒有興趣，對我的戀愛故事同樣沒有興趣。

當然我知道對其他朋友或者同事訴說必然會引起鼓譟，這樣的經歷並不尋常這點我比誰都清楚，然而只有像韓蔓這樣絲毫不關心的類型才能看透整體，遑論她本來就是思緒清晰的人。

要挑起韓蔓的關心並不容易，但要強迫她投注關心一點也不難。

我乾脆打開便當盒。

「我昨天花了一個多小時排隊才買到，雖然冰過又微波，但感覺還是非常的、非常的好吃呢。」

「不要鋪陳，講重點。」

「交換。」我把便當盒推到她面前，「妳要提供我意見。」

「不划算。」

「整整一個月。」

韓蔓瞇起眼像是在思忖些什麼，但猶豫沒有持續多久，她果斷的交換了兩人的便當盒，以和先前截然不同的明朗表情重新進行午餐。

「所以，妳覺得他到底在想什麼？」

「不知道。沒有足夠的線索，可能是覺得有趣，也可能對妳有好感。」

「也就是說，我還有機會對吧？」

「理論上是這樣。」韓蔓把配菜夾給我，「徐娜恩，再怎麼樣妳也應該知道他的名字順便問一下電話，雖然只在公車上相遇這種純愛情節很像妳喜歡看的電影，但是很蠢。」

「我找不到適當的時間點……」

「像告白那樣的切入點就好了。」

「韓蔓，不要面無表情的恥笑我。」

她很沒有誠意的扯了扯嘴角，至少她還願意這麼做，我無奈的嘆了口氣，想改變韓蔓太難，調適自己的心態比較有效。這點是潘丞尉的心得。

「我只是建議妳維持一貫性，既然妳突兀的表現引起他某些關心，那就不需要思考太多常理，奇怪的女人做奇怪的事才比較正常。」

「為什麼我知道這是謬論但又覺得很有道理呢？」

「因為人生就是最大的荒謬。」韓蔓撇開眼，像是刻意錯開兩人的視線，「而所謂的愛，就是人們在這荒謬之中試圖尋找的浮木。」

浮木。

韓蔓的聲音顯得遙遠，凝望著她的側臉，浮木，我又想了一次，或許她說得沒有錯，將對方稱為浮木並不是一種悲觀，而是一種對於現實的體認。

我們都在漂動，以為堅定的朝某個目標前進，卻無法察覺周遭細微卻絕對的變動，然而身體內部的某個深處卻敏銳的感知到這不定的浮動，於是不安便從理智與感情落差的縫隙竄出。

這時候人非常、非常需要讓自己感到安心的浮木。

並不是每個人都能承載自己的重量，支撐起自己的，便是稱之為愛的浮力。

「我還、不知道你的名字。」

「沈紹吾。」

沈紹吾。我默唸了一次。我和他依然滯留於一個公車乘客與另一個公車乘客的狀態，開始短暫的談話，他總是帶著溫煦的淺笑，由於那笑我反而解讀不出他的心思。

他沒有將我推開，於是藏匿在我體內的貪婪便日漸膨脹；但他同樣沒有為我打開那扇門，因而我已然脹大的想望反覆擠壓著我的感情。

想更靠近一點，卻又害怕往前踩的那一步就會觸碰他設下的界線。

「我也不知道妳的名字。」

「啊、徐娜恩，我叫徐娜恩。」

「雖然名字不能代表一個人，不過交換名字之後才有一種終於認識對方的感覺。」

「那我……可以跟你要電話嗎？」

他望向我的目光滑過些許詫異，在短暫停頓之後他忽然笑了出來，爽朗的，愉悅的笑著，我低下頭不由自主的嘆了一口氣，反省著自己的急躁。

儘管我和他的立場確實是「我在追求他」沒錯，我也不認為女人就不能主動，但總有幾個瞬間，在他慣常的笑容之中，不免揣想著也許他不那麼喜歡主動的女人。

「雖然不是很合適的感想，但讓人有點羨慕呢。」

「羨慕？」

「嗯，因為在感情上我的步調很緩慢，可能是不夠勇敢的緣故，所以覺得這樣的妳很帥氣。」

……帥氣？

算了，姑且當作稱讚好了。

「我也不是對每個人都這樣，通常，大部分的那種通常，我都是被追的那一方。」

他又笑了。

「意思是我是特別的嗎？」

「你繼續用這種語氣說這種話的話，我會以為你對我有那麼一點意思……」

「是有那麼一點。」

「你說什麼？」

「不過我剛剛說過，我的步調有點慢，不是憑直覺的那一種，因為不想耽誤另一個人的感情，所以會花多一點時間，該怎麼說呢，讓自己多一點肯定或是，確認。」

「沒關係，慢慢的來也沒有關係，反正只要我走快一點就好。」

這次他真的笑得非常開懷，還引來身旁乘客的側目，他稍微壓低笑聲，卻仍舊止不住笑。

凝望著他愉快的側臉，我忽然感覺自己的衝動是件正確的事，儘管還不瞭解這個人，卻有種踏實的感受；韓蔓總是說陷入戀愛的人沒有思考能力，也許她說得沒錯，但有些時候，人必須摒除過多的思索才能得到真正的答案。

我希望相信他就是我追尋的答案。

「啊、我該下車了。」

匆忙的按了下車鈴，來不及說再見我就跳出車門，站定腳步才想起他分明得在前兩站下車，湧上的擔心還沒成形，轉過頭我就看見他站在我身後，若無其事的聳了聳肩。

「你坐過頭了嗎？」

「沒有。」他輕輕搖頭，「特休假太多，我習慣分散消耗。」

「既然放假為什麼……」

「為什麼呢？」

「不要露出那麼曖昧的笑容，我現在神智不是很清楚，任何的動作我都會自顧自的往曖昧的方向想，所以——」

「電話。」

「什麼？」

「不是還沒給妳電話嘛。」

「你現在是在轉移我的注意力嗎？」

「看樣子是失敗了。」

「算了，今天讓你成功好了。」我撈出錢包，拿出塞在夾層的名片遞給他，「給你我的名片，我想你暫時不要給我電話比較好，我不是善於忍耐的類型，說不定等不到晚上我午休就會打給你，這是為了你著想。」

「那這樣好了……」他跟我要了一張紙和一支筆，快速寫了些什麼接著仔細的對摺，「裡面有我的電話，不要打開就不知道了。」

「不用一秒鐘我就會打開好嗎？」

「那我就等妳的電話。」

「你——」

「妳還趕著上班吧。」

「你很擅長談戀愛嗎？」

「不擅長。」他有些靦腆的笑了，「我曾經親手把自己喜歡的女孩子推到另一個人身邊呢。」

「你放心，我身邊沒有其他男人。」

「這樣繼續說下去，妳就真的會遲到了。」

還想說些什麼卻將話吞了回去，乾脆的說了再見，我緊握著寫著他電話號碼的紙條，一邊克制著不要回頭，一邊忍耐著不要打開紙條，這根本是在變相鍛鍊我的心志。

終於我踏進公司，至少回頭也看不見他了，現在只要好好抵抗掌心中誘惑就好。

「妳為什麼一臉如臨大敵的樣子？」

韓蔓不知何時走到我右手邊，得救一般我將紙條塞進她的包包裡，「幫我保管好，無論我怎麼威逼利誘，妳絕對、絕對不能把紙條交給我。」

「我會直接丟掉。」

「不行！」我側過頭假裝方才的驚呼不是來自於我，壓低聲音我輕扯著韓蔓的手。「絕對不行，裡面有非常重要的東西，因為很重要，所以必須排除被我莽撞而破壞的可能。」

「銀行帳號和密碼嗎？」

「不是那種東西。」

「這世界上沒有比那更重要的東西了。」

「韓蔓，是差不多程度的東西，是通往我璀璨愛情的密碼。」

「我等一下就撕掉。」

「不要威脅我，是他的電話號碼啦。」

韓蔓不感興趣的瞄了我一眼，在電梯門開啟的同時她直接往辦公室走去，我稍微加快步伐並且扯住她的背包。

「幹嘛？」

「要好好保管喔。」

她沒有理我，狠心的拍掉我的手，我的呼吸裡同時揉合著擔心和放心，韓蔓很有可能無所謂的把紙條弄丟，但讓人相當放心的是，她對沈紹吾的電話號碼絕對不會感興趣。

拖著腳步我全身無力的走出公司，沒血沒淚的韓蔓居然乾脆的說了再見就跟著洪諺回家，我幽幽的嘆了口氣，是我不好，明知道韓蔓可能會弄丟紙條，卻沒料想到她真的把紙條當垃圾扔了。

再見，徐娜恩好不容易浮現一絲生機的春日單戀。

我到底要跟這份單戀說幾次再見才夠？

緩慢的我往捷運站走去，熙攘的人群不斷自我兩側來去，天色還沒完全暗，我雙眼所及的畫面卻早已灰濛濛的一片。

忽然我止住步伐，側過身將視線投注於站在捷運出口旁的身影，我眨了幾次眼，右肩被路人撞了一下，稍微拉回游離的思緒，於是我走近了幾步，幻影並沒有消卻或者淡化。

「你是真人嗎？」

「我看起來像玩偶或是人形看板嗎？」

「我只是，覺得，有點，不可，思議。」

「妳看起來很疲倦。」

「嗯，但不是因為工作，是因為韓蔓。」我又靠近了一些，「你為什麼會在這裡？」

「因為韓蔓。」

「韓蔓？你們認識嗎？」

「不認識。」他有短暫的停頓，像是想起些有趣的什麼愉快的笑了出來，「她打了電話給我。」

「她為什麼要打電話給你？」

「嗯……我也不是很能理解她的話意，但大概能掌握到某些部分。」

「例如什麼部分？」

「要一起吃晚餐嗎？」

「你真的不是很擅長轉移話題。」

「那麼，妳要得到答案，還是要一起吃晚餐？」

「答案什麼的一點都不重要。」我突然變得非常有精神，無論韓蔓說了些什麼，出發點必然是為我好，所以當然是把握和他獨處的時間重要。「民以食為天，沒有什麼比吃飯更重要了。」

「妳真的很帥氣。」

他又揚起少年一般的笑容拋出意味不明的感想了。

算了，第一次當作稱讚，第二次當然也不必猶豫的直接視為稱讚了。

帥氣的女人。也好。不是奇怪的女人就好。

——麻煩的事更應該乾脆的解決，徐娜恩很麻煩，所以麻煩你盡可能俐落的處理，她不是愚昧的類型，也不是黏膩的女人，既然她的妄想越來越嚴重表示你釋放了相應的訊息，無論你喜歡曖昧的狀態或是想要拉長觀察期都無所謂，但就是不要欲擒故縱，因為她會為了尋找答案而纏著我，很麻煩，你們的遊戲我不想參與。你的電話我扔了，如果你有意願的話，徐娜恩大概六點會出現在國父紀念館站五號出口。對了，我是韓蔓，這是基於禮貌的自我介紹，沒有必要記住。

後記

起初這是屬於韓蔓和張瀚的故事，註定疼痛糾結的一則故事，事實上我也這麼寫了，然而某一瞬間，我突然想，韓蔓與張瀚值得擁有更溫柔的結局，不一定要愛到最後才能稱作深刻，而是打從一開始，那個人就註定成為自己生命中最深刻的那個人了。

洪諺明白這一點。

韓蔓也是。

人都希望自己成為對方心中最深刻的那一個烙印，無論我在不在你身邊，特別是當我站在你的身邊，即使依靠著理智卻還是敵不過心底滋生的不甘與嫉妒，明明擁抱著你的是我，明明和你走向最後的是我，而你的心底卻始終留著另一個人的影子；於是日復一日，兩個人之間的落差逐漸擴大，終究有一方會失足墜落。

愛過必然留下痕跡。

由於愛過某個人，你才得以成為站在我眼前的你。

愛過 Past Love

我是這麼想的。

當然，貪婪的心總會希冀自己成為對方心底最深最重的那一個人，然而那並不是我或者你能夠左右的，也許需要十年，也許只需要一瞬，所謂的深刻，可能沒有哪個人能夠真正的掌握。

洪諺與韓蔓的心底各自有著影子，他的，她的，並非無關緊要，相反的事關重大，因為存在著影子因而左右了所謂的抉擇，然而除此之外那些影子與韓蔓和洪諺的愛情沒有關係。

一點關係也沒有。

愛過。無論是多麼深刻的愛過。都已經是一種過去式。

我現在愛著你。

這才是最最重要的一點。

Sophia

愛過

Past Love

Sophia
作品集 01

國家圖書館出版品預行編目資料
愛過 ／Sophia 著.
一初版. 一臺北市 ： 春天出版國際, 2015.02
面； 公分. 一（Sophia作品集；01）
ISBN 978-986-5706-45-6（平裝）
857.7　　　　103021572

ISBN 978-986-5706-45-6
Printed in Taiwan

作　者　Sophia
封面羊毛氈設計　Mignon米尼亞手作
封面攝影　FB：林祐玄@大安SOGO76
封面設計　克里斯
內頁編排　三石設計
總編輯　莊宜勳
企劃主編　鍾靈

出版者　春天出版國際文化有限公司
地　址　台北市信義區信義路四段458號3樓
電　話　02-7718-0898
傳　真　02-7718-2388
E－mail　frank.spring@msa.hinet.net
網　址　http://www.bookspring.com.tw
部落格　http://blog.pixnet.net/bookspring
郵政帳號　19705538
戶　名　春天出版國際文化有限公司
法律顧問　蕭顯忠律師事務所
出版日期　二〇一五年二月初版
　　　　　二〇一五年七月初版二十一刷
定　價　180元

總經銷　楨德圖書事業有限公司
地　址　新北市新店區寶興路45巷6弄6號5樓
電　話　02-8919-3186
傳　真　02-8914-5524

Sophia
作 品 集
01